Winkler & Winkler
ist ein generationsübergreifendes Projekt. Ralph Winkler war bereits in den 30er-Jahren erfolgreich bei Hertha in Berlin, sein Sohn Dieter verfasst Kinder- und Fernsehdrehbücher und sein Enkel Kevin steuert als Jugendfußballer und Ideenlieferant seine ganz spezielle Sicht zu dem Projekt bei.
Das Trio hat – erweitert um den Internetprofi Claus Vester – die Website www.coolekicker.de ins Netz gestellt, um die Buchreihe mit vielen aktuellen Informationen und Links zu ergänzen.

In der Reihe »Coole Kicker – schnelle Tore« bisher erschienen:
1 : 0 für Coole Kicker
Harte Zeiten für Coole Kicker
Gefahr für Coole Kicker
Große Chance für Coole Kicker
Die Coolen Kicker punkten wieder
Heißes Spiel für Coole Kicker

Winkler & Winkler

Die Coolen Kicker im Fußballfieber

UEBERREUTER

Der Text wurde von Jugend-Trainer und Jugend-Leiter Walter Wolf (DFB-C-Lizenz) auf sachliche Richtigkeit überprüft. Verlag und Autoren danken herzlich.

ISBN 3-8000-5122-2

Umschlagillustration von Silke Brix
Umschlaggestaltung von Werkstatt · München / Weiss · Zembsch

Druck: Ueberreuter Print
1 3 5 7 6 4 2

Ueberreuter im Internet: www.ueberreuter.at

KAPITEL 1

»Echte Freunde halten immer zusammen«, sagte Jan.

Frank nickte grimmig. »Echte schon. Aber unechte ...«

Jan erwiderte nichts darauf, und das war vielleicht auch besser so. Frank kochte vor Wut. Während er den schmalen Waldpfad hinter Jan hertrampelte, schossen ihm die finstersten Gedanken durch den Kopf. Ausgerechnet sein bester Freund Guido, neben Jan und ihm selbst der Dritte im Bunde der Coolen Kicker, hatte ihm ganz übel mitgespielt.

»Pass auf!«, rief Jan, aber da war es schon zu spät. Der Zweig, den Jan zur Seite gebogen hatte, um zwischen den eng stehenden Bäumen durchgehen zu können, schnellte zurück – und knallte Frank mitten ins Gesicht.

»Autsch!«, schrie Frank. »Kannst du nicht aufpassen, du Blödmann?«

»Heute sind Euer Hochwohlgeboren aber ganz besonders übler Laune«, murmelte Jan.

»Was!?!« Frank fuhr sich mit der Hand über den Striemen im Gesicht. »Erst haust du mir 'nen Zweig ins Gesicht und dann wirst du auch noch frech? Pass mal lieber auf, was du sagst!«

Jan blieb stehen und drehte sich zu ihm um. »Pass du

mal lieber auf, dass du es dir nicht auch noch mit deinem letzten Freund verscherzt!«

Frank starrte ihn noch zwei, drei Sekunden lang wütend an, dann schluckte er die empörte Antwort, die ihm auf der Zunge lag, geräuschvoll hinunter. »Ja, nein …«, begann er umständlich. »Ich hab ja nichts gegen dich. Es ist nur so …«

»Dass du stinksauer bist, weil Guido gerade mit deiner Angebeteten auf unserer Fußballwiese abhängt.« Jan seufzte. »Kommt mir irgendwie bekannt vor. Gestern war es Guido, der sich wegen der gleichen Sache bei mir beschwert hat.«

»Er hat was?« Jetzt war Frank mehr als nur ein bisschen verblüfft.

»Du erinnerst dich?« Jan verzog spöttisch das Gesicht. »Gestern, als wir eigentlich trainieren wollten und du mich und Guido unter einem fadenscheinigen Grund weggeschickt hast. Und als wir wiederkamen, hast du ganz innig mit Angelina vor dem Klubhaus geturtelt.«

»Ach das.« Frank bekam einen knallroten Kopf. »Sie ist doch nur vorbeigekommen, weil sie sich was von uns ausleihen wollte.«

»Was denn?«, fragte Jan. »Deine Autogrammkarten von den Fußballstars vielleicht?«

»Nee«, sagte Frank verlegen. »Außerdem ist das jetzt auch ganz egal. Guido weiß doch, dass ich mich für Angelina interessiere.«

»Interessieren?« Jan spuckte das Wort fast aus. »Sagtest du wirklich: *interessieren?* Das passt vielleicht darauf, wie du

Karin hinterhergeschwänzelt bist und Guido deiner Schwester Jacki. Aber bei Angelina dreht ihr doch beide komplett durch! Man könnte fast meinen, sie sei eine verwunschene Prinzessin, so verrückt, wie ihr euch beide aufführt.«

Franks Ohren glühten mittlerweile so, als hätten sie minutenlang in einer Mikrowelle gesteckt. »Das ist wirklich übertrieben.«

»Übertrieben?« Jan schüttelte empört den Kopf. »Das ich nicht lache. Ihr solltet euch schämen, alle beide. Beste Freunde sollten sich nicht durch ein Mädel auseinander bringen lassen.«

Frank klappte ein paarmal den Mund auf und zu und kratzte sich dann verlegen am Kopf. Eigentlich hatte Jan ja Recht. Bislang hatte es noch nie etwas gegeben, was ihn wirklich sauer auf Guido hatte werden lassen – und umgedreht wohl auch nicht. Aber andererseits: Angelina war wirklich etwas Besonderes. Alleine wenn sie ihn mit ihren strahlend blauen Augen und dem verschmitzten Lächeln anguckte …

»Willst du jetzt hier Wurzeln schlagen?«, fragte Jan. »Komm lieber und bring die Sache mit Guido in Ordnung. Schließlich steht ein wichtiges Spiel an. Und ich hab echt keine Lust, mit zwei liebestollen Idioten zusammenzuspielen, die sich am liebsten gegenseitig in die Hacken treten würden, statt unseren Gegnern einzuheizen!«

Frank nickte langsam. »Ja, wäre wohl besser, ich rede mal in aller Ruhe mit Guido.«

Jan stieß einen erleichterten Seufzer aus. »Das ist das erste vernünftige Wort, das ich von dir höre, seit Angelina ganz unverhofft bei uns reingeschneit ist. Und nun komm. Schließlich müssen wir heute noch ein bisschen trainieren. Das Auswärtsspiel ist schon in ein paar Tagen!«

»Stimmt«, sagte Frank, »und die Typen vom TSV Klarshütten sind nicht ohne. Da müssen wir uns mächtig ins Zeug legen, um ein paar Treffer in den Kasten zu bekommen.«

»Du weißt, worum es zusätzlich noch geht!«, sagte Jan ernst. »Bauer Sendler wird sich das Spiel angucken. Er hat uns versprochen, uns unsere Fußballwiese zu lassen, wenn er sieht, dass wir hier fleißig trainiert haben …«

»Aber wenn wir keine Leistung zeigen, kann es sein, dass er uns rauswirft.« Frank seufzte tief. »Ja, ich weiß. Er hat einen anderen Interessenten für die Wiese, der ihm richtig Pacht bezahlen will. Da können wir natürlich nicht mithalten.«

»Können wir schon«, widersprach Jan. »Wir müssen nur saugut spielen, damit Sendler gar nicht anders kann, als uns die Wiese zu lassen.«

Ohne auf eine Antwort Franks zu warten, drehte er sich um und stapfte den Waldpfad hinab.

Es blieb Frank gar nichts anderes übrig, als ihm zu folgen. Ganz wohl war ihm dabei nicht. Wenn er an das bevorstehende Gespräch mit Guido dachte … und daran, dass er vielleicht gleich Angelina sehen würde … Das aufgeregte Gedudel eines Handys riss ihn aus seinen Gedanken, ein aktueller Hit, der als Klingelton unangenehm laut durch den Wald hallte.

Jan blieb abrupt stehen und Frank wäre um ein Haar in ihn hineingestolpert.

»Was ist …?«, begann Frank, aber da hatte sich Jan schon zu ihm umgedreht und den Finger auf die Lippen gelegt.

Und dann, als er vom Tal eine ihm nur allzu bekannte Stimme heraufdröhnen hörte, verstand er Jans Vorsicht. Es war nicht irgendjemand, der da geradezu in sein Handy brüllte. Es war Eberhard. Ihr schlimmster und ältester Feind.

»Was ist?« Eberhards Stimme klang verzerrt, aber durchaus verständlich zu ihnen hoch, und was Frank als Nächstes hörte, ließ ihn vor Entsetzen beinahe das Gleichgewicht verlieren.

»Na klar, Guido. Das machen wir wie besprochen. Ich werd dir diesen blöden Frank schon vom Hals halten, da kannst du dich auf mich verlassen!«

KAPITEL 2

»So, jetzt reicht's«, keuchte Frank. »Jetzt schnapp ich mir den Mistkerl.«

Eberhard hatte das kurze Telefonat längst wieder beendet, als Frank wie angestochen an Jan vorbei den Pfad hinunterstürzte. Er hatte es mehr als eilig. »Ich werd dir diesen blöden Frank schon vom Hals halten.« Dieser Satz echote in seinem Kopf und ließ ihn vor Wut fast platzen.

Erst einmal würde er sich Eberhard schnappen und ihm klar machen, wohin er sich sein »blöd« schieben konnte. Und dann war Guido dran. Es war nicht zu glauben! Guido und Eberhard konnten sich überhaupt nicht leiden. Und jetzt machte Guido ausgerechnet mit diesem Großmaul gemeinsame Sache, nur um ihn bei Angelina auszubooten? Was bildete sich der Idiot eigentlich ein?

Der Pfad machte eine scharfe Rechtskurve und wurde noch schmaler. Frank war so abgelenkt von seinen Rachegedanken, dass er das eindeutig zu spät merkte. Er rutschte weg, schlitterte zwei Meter weit. Verzweifelt hangelte er nach den vorbeirauschenden Zweigen der ausladenden Fichten, bekam einen Ast zu packen und klammerte sich fest. *Raaatsch!* machte es, dann hielt er den abgerissenen Zweig in der Hand und drehte sich einmal um seine eigene

Achse. Die Bäume drehten sich viel zu rasch um ihn, und bevor er noch irgendetwas unternehmen konnte, hing erst sein linker Fuß und dann er selber in der Luft über dem steil abfallenden Hang.

»Nein!«, schrie er gellend auf, aber es war zu spät. Erst in Schräglage und dann kopfüber sauste er hinab. Im allerletzten Moment riss er sich die Arme vors Gesicht. Es nutzte nicht viel. Er prallte mit der einen Schulter gegen einen Baumstamm, wurde unsanft zur Seite geschleudert und purzelte, sich mehrfach überschlagend, den Hang hinunter. Sein Schrei war längst erstorben und von entsetzten, abgehackten Schmerzenslauten abgelöst worden.

Schließlich schlug er sich zum Abschluss fast noch den Kopf an einem bemoosten Felsen auf, machte eine letzte halbe Rolle und blieb auf der Wiese unterhalb des Hanges liegen. Vor seinen Augen tanzten bunte Sternchen und sein Körper schmerzte so sehr, als ob jeder einzelne Knochen gebrochen sei.

Aber das war nicht einmal das Allerschlimmste. Als er die Augen öffnete, sah er auf eine schwarze Stiefelspitze. Sein Blick glitt an dem dazugehörigen Bein nach oben. Seine Umgebung tanzte immer noch vor seinen Augen, aber er konnte doch das dazugehörige Gesicht erkennen, aus dem zwei dunkle Augen auf ihn herabsahen. Es war ausgerechnet sein Erzfeind Eberhard, dem er vor die Füße gepurzelt war!

»Aber hoppla.« Eberhards Gesicht verzog sich zu einem

breiten Grinsen. »Kaum spreche ich von dir, schon fällst du mir vor die Füße.«

»Ooooch« war alles, was Frank mühsam herausbrachte. Abgesehen von der Spitze seines Schneidezahns: Als er sich mühsam aufrichtete, spuckte er die Zahnspitze Eberhard vor die Füße.

»Isch werd disch gleisch«, nuschelte er.

»Ach ja?« Eberhard legte den Kopf schief und sah auf ihn herab, was ihm nicht schwer fiel, weil er sowieso einen halben Kopf größer war und Frank außerdem gebückt und zitternd wie ein alter Mann vor ihm stand. »Was wirst du gleich?«

Frank hob den Arm wie zum Schlag. Seine Wut war immer noch groß genug, sich hier und jetzt auf Eberhard zu stürzen, aber sein geschundener Körper verweigerte den Dienst. Seine Faust fiel hilflos herab. Er torkelte und wäre gestürzt, wenn ihn nicht Eberhard – ausgerechnet Eberhard! – am Arm gepackt und festgehalten hätte.

»Soll ich dir einen Notarzt rufen?«, fragte Eberhard scheinheilig.

»Nein, nischt nötisch«, brachte Frank mühsam hervor. »Es geht schon wieder.«

»Wieso hattest du es denn so eilig?«, fragte Eberhard spöttisch. »Wolltest du unbedingt zu mir oder was?«

Die Antwort wäre eigentlich Ja gewesen, aber Frank schüttelte dennoch den Kopf. Was gar keine gute Idee war, denn dadurch wurde ihm schlagartig schwindlig. »Nein.

Isch war nur zufällisch in der Gegend und hab eine Abkürschung gesucht.«

»Na, dann kann ich ja nur hoffen, dass du das nicht öfters machst.« Eberhards Blick wanderte den Hang hinauf und seine Stirn umwölkte sich. »Da sucht noch jemand eine Abkürzung.«

»Was?«

»Dein Freund Jan. Er klettert gerade den Hang hinunter.« Eberhard sah wieder Frank an. »Da bist du ja in besten Händen. Ich geh dann mal.«

Er ließ Frank los, drehte sich um und stapfte ohne ein weiteres Wort davon. Frank hätte ihm wahrscheinlich wütend nachgesehen, wenn er nicht augenblicklich wieder zu schwanken angefangen hätte. Zum zweiten Mal innerhalb kürzester Zeit ruderte er wild mit den Armen, dann knickten ihm die Beine ein und er setzte sich recht unsanft auf den Hosenboden.

Eine knappe Stunde später erreichten sie endlich die Coole-Kicker-Wiese. Unterwegs hatten sie an einem kleinen Bach Rast gemacht, an dem sich Frank literweise Wasser ins Gesicht geschüttet hatte, in der Hoffnung, dadurch wieder zu sich zu kommen. Das hatte auch halbwegs funktioniert. Seine Wut war dagegen nicht im Geringsten verraucht.

»Mach jetzt bloß keinen Blödsinn«, warnte ihn Jan.

Er wollte Frank stützen, aber dieser schob die hilfreich ausgestreckte Hand nur unwirsch beiseite. »Isch mache nie Blödsinn«, sagte er grimmig. »Das solltest du doch wissen.«

Jan seufzte. »Von wegen nie Blödsinn. Soll ich dich vielleicht an das Abschlussspiel im letzten Jahr erinnern ...« Frank gab einen fauchenden Laut von sich und schüttelte den Kopf. »Nein, das soll ich wohl offensichtlich nicht. Auch gut. Es gibt noch eine ganze Menge anderer Dinge ...«

»Mach nur weiter so«, murmelte Frank, »und du wirst sehen, was du davon hast.«

Jan schwieg beleidigt. Aber das war auch kein Wunder. Frank wusste selbst, dass er sich unmöglich benahm. Sein Magen war hart und verkrampft, und das nicht als Folge des Sturzes, sondern ganz einfach, weil er nicht vergessen konnte, was Eberhard am Telefon gesagt hatte. Alles hätte er geglaubt, aber niemals, dass ihn Guido so hintergehen könnte.

Als sie aus dem Wald traten, lag das kleine Klubhaus direkt vor ihnen und dahinter die Fußballwiese mit ihrem sauber markierten Feld und den beiden Metalltoren. Ihr ganzer Stolz, der ihnen jetzt weggenommen werden sollte, weil irgendjemand Bauer Sendler eine stolze Jahrespacht für die Wiese geboten hatte. Normalerweise würde Frank nur daran denken können, was er dazu beitragen konnte, um ihren abgeschiedenen Trainingsplatz mitten im Wald behalten zu können. Heute hatte er nicht einmal den entferntesten Gedanken dafür übrig. Mit großen, ungelenken Schritten humpelte er auf das Klubhaus zu.

Dahinter erscholl lautes Lachen. Frank hörte ganz deutlich das glockenhelle Gelächter Angelinas heraus und etwas, das ihm heute wie das Gemecker einer Ziege vorkam. Guidos Lachen: »Mähmähmäh«. Er würde schon noch dafür sorgen, dass ihm dieses blöde Lachen im Hals stecken blieb ...

»Frank, bitte«, sagte Jan nervös.

Frank achtete gar nicht auf ihn. Obwohl dabei ein scharfer Schmerz durch seinen Rücken jagte, beschleunigte er seine Schritte noch.

Dann hatte er das Klubhaus umrundet. Direkt davor, auf der schmalen Holzbank, die gerade Platz für zwei Personen bot, saßen die beiden. Guido hatte seinen Arm um Angelinas Schulter gelegt, natürlich! Auch wenn Frank gestehen musste, dass er sie dabei nicht wirklich berührte, sondern irgendwie das Wunder fertig brachte, den Arm ein kleines Stück über ihrem langen, goldblonden Haar schweben zu lassen.

»Das ist wirklich gut«, sagte Angelina gerade. »Wenn man bedenkt, dass Frank ...«

»Ja?«, sagte Frank böse. »Was ist mit mir?«

Angelina und Guido zuckten zusammen und drehten in einer Bewegung den Kopf zu ihm herum, als hätten sie das stundenlang einstudiert. Angelinas Haare klatschten dabei in Guidos Gesicht und für einen winzigen Augenblick sah es so aus, als ob Guido einen goldgelockten Schnurrbart tragen würde.

»Frank«, entfuhr es Guido schuldbewusst. »Schon zurück …« Er brach mitten im Satz ab und schluckte trocken. »Was ist denn mit dir passiert, um Gottes willen.«

»Ja, was ist denn bloß mit mir paschiert«, nuschelte Frank. »Wo ist denn bloß mein Schneidezahn geblieben?«

Angelina sprang auf wie von der Tarantel gestochen. Mit einem Satz war sie bei Frank, packte ihn am Arm und führte ihn zur Bank. »Setz dich erst mal«, hauchte sie erschrocken.

»Ja, gerne«, sagte Frank, riss dann mit einiger Mühe den Blick von ihrem engelsgleichen Gesicht los und sah Guido an. »Aber nicht neben den da.«

»Was soll denn das heißen?« Auch Guido stand jetzt auf, aber im Gegensatz zu Angelina machte er keine Anstalten, zu helfen – was auch besser war –, sondern stand unbeholfen mit verschränkten Armen da.

»Eberhards Freunde sind nischt meine Freunde«, beschied ihm Frank und nahm dankbar, aber etwas wacklig, auf der Bank Platz.

»Du Armer«, sagte Angelina. »Ich hole dir gleich Verbandszeug.« Sie drehte sich zu Jan um und wedelte ungeduldig mit den Armen. »Husch, husch. Ihr habt doch bestimmt Verbandszeug hier. Hol mir mal was.«

Jan machte sich sofort gehorsam auf den Weg, während Guido unruhig von einem Bein aufs andere trat. »Jetzt erzähl mal«, forderte er Frank auf. »Was ist denn überhaupt passiert?«

»Als ob du das nischt wüsstest«, murmelte Frank erschöpft. »Dein Freund Eberhard hat disch doch bestimmt schon angerufen.«

»Eberhard ist nicht mein Freund!«, sagte Guido. »Wie kommst du bloß auf diesen Blödsinn? Bist du auf den Kopf gefallen oder was?«

»So ähnlich«, sagte Frank finster. »Isch bin auf Eberhards Stiefel gefallen.«

»Und dann hat er dich verkloppt?«, vermutete Guido.

»Nee«, sagte Jan, der gerade mit einem Autoverbandskasten in der Hand zurückkehrte. »Verkloppt hat Frank sich alleine. Weil er nämlich wie ein Verrückter losgestiefelt ist und den Abhang an der Gruberwiese hinuntergestürzt ist. Ich dachte schon, der bricht sich das Genick.«

»So was Leichtsinniges.« Angelina entriss Jan den Verbandskasten und kramte so wild darin herum, dass ein paar Pflaster zu Boden segelten. »Jetzt flicken wir dich erst einmal zusammen ...«

Frank strahlte sie an, so gut es ging, und Angelina schlug entsetzt die Hand vor den Mund. »Du hast dir ja tatsächlich ein Stück Zahn ausgeschlagen! Das sieht aber gar nicht gut aus.«

Franks Lächeln erstarb schlagartig und zwischen zusammengepressten Zähnen nuschelte er: »Halb so wild. Ischt nur ein klitzekleines Zahnstück.«

»Wie ist denn das passiert!« Angelina hatte endlich gefunden, was sie gesucht hatte, packte Franks Arm – was bei dem sowohl einen kleinen Schmerzenslaut als auch einen wohligen Schauer auslöste – und begann, ihm ein Desinfektionsmittel auf die aufgeschürften Stellen am Unterarm zu tropfen. »Warum bist du denn so in der Gegend rumgestürzt?«

»Weil isch etwas gehört habe, was garantiert nischt für meine Ohren bestimmt war«, sagte Frank mit einem bösen Seitenblick auf Guido. »Isch sage nur: Handy.«

»Was denn für ein Handy?«, stellte Guido sich dumm.

»Eberhards Handy. Mit dem er disch angerufen hat.« Frank deutete anklagend auf Guido. »Isch weiß alles. Isch weiß, dass du misch an Eberhard verraten hascht. Das hätte isch nie von dir gedacht. Jetzt sind wir geschiedene Leute – für immer und alle Zeiten!«

KAPITEL 3

Einen Tag später hatte sich Frank immer noch nicht beruhigt. Ganz im Gegenteil. Guido hatte natürlich alles abgestritten und behauptet, Eberhard hätte nie und nimmer mit ihm telefoniert. Frank glaubte ihm kein Wort. Jetzt saß er im Zimmer seiner Schwester Jacki und schmiedete mit ihr zusammen Rachepläne. Denn auch Jacki war alles andere als erfreut über Guidos Verhalten; schließlich hatte Guido bislang sie umschwärmt und alle anderen Mädchen links liegen gelassen.

»An allem ist nur diese Angelina schuld«, meinte Jacki und strich sich eine Strähne ihres langen schwarzen Haares aus der Stirn. »Die hat Guido den Kopf verdreht. Und der arme Idiot merkt nicht einmal, dass sie ihn bloß an der Nase rumführt!«

»Na, na«, brummelte Frank und lehnte sich tief in den aufblasbaren Sessel zurück, der das mit einem hässlichen Quietschen quittierte. »Es kann ja sein, dass Angelina Guido den Kopf verdreht hat. Aber dafür kann sie doch nichts.«

Jackis Augen schleuderten flammende Blitze in Franks Richtung. »Ach nein? Und warum nicht, wenn ich fragen darf?«

»Ja, eh, ich meine …« Franks Fingernägel bohrten sich vor lauter Verlegenheit tief in den nachgiebigen Kunststoff des durchsichtigen Sessels. »Eigentlich …« Seine Stimme erstarb fast zu einem Flüstern. »… ist Angelina doch ganz … niedlich.«

»So niedlich wie der Hamster von Onkel Hugo?«, fragte Jacki scharf. »Oder so niedlich wie Britney Spears?«

»Eh, ja …« Frank suchte nach einer Ausrede. »Ich meine ja nur. Sie ist halt schon …«

»Das habe ich mir gedacht.« Jacki stieß einen langen, anhaltenden Seufzer aus. »Jungen! Sobald ein Mädchen 'ne lange blonde Mähne hat und ganz *süß* guckt, schmilzt euer Verstand wie ein Eiswürfel in der Sommersonne. Mann, Frank, merkst du denn nicht, dass das eine ganz falsche Schlange ist …«

Sie kam nicht mehr dazu, ihren Satz zu beenden. Etwas rumste draußen, dann wurde die Türklinke nach unten gedrückt und eine Sekunde später knallte die Tür auf und Jan stürmte mit hochrotem Kopf ins Zimmer.

»Frank!«, stieß er hervor. »Gut, dass ich dich hier finde. Hast du dein Handy nicht eingeschaltet?«

»Ist was passiert?«, fragte Frank erschrocken, doch bevor Jan antworten konnte, sagte Jacki schon sauer: »Ja. Dein Freund Jan hat mir fast die Tür eingeschlagen. Was sucht der Typ eigentlich in meinem Zimmer?«

»Äh, ja, entschuldige«, sagte Jan ganz zerknirscht. »Ich hätte anklopfen sollen.«

»Bloß nicht«, wehrte Jacki ab. »Wenn du das genauso schwungvoll gemacht hättest, wie du ins Zimmer gestürmt bist, dann wäre die Tür wahrscheinlich gleich aus dem Rahmen gefallen … aber du siehst ja furchtbar aus. Was ist los?«

Jan nickte mechanisch. »Ich bin auch den ganzen Weg von unserer Fußballwiese bis nach Wilnshagen zurückgeradelt«, japste er. »Es ist nämlich was Schreckliches passiert.«

»Ist was mit Guido?«, fragte Frank beklommen.

Jan brachte das Kunststück fertig, gleichzeitig den Kopf zu schütteln und zu nicken. »Weniger mit Guido. Vielmehr ist was mit unserem Fußballplatz.«

»Mann, mach's nicht so spannend!«, sagte Jacki. »Was ist denn nun los?«

»Ein Vermessungstrupp«, sagte Jan kurzatmig. »Auf unserer Wiese laufen zwei Typen rum, stecken Stäbe in den Boden und messen ihn aus.«

»Oh«, machte Frank.

»Ja, genau.« Jan nickte heftig. »Oh! Und noch dazu hat es viel früher angefangen, als wir geglaubt haben.«

Jacki sah irritiert von einem zum anderen. »*Was* hat angefangen?«

»Ja, verstehst du denn nicht?« Jan drehte sich zu Jacki um. Er sah ganz verzweifelt aus. »Wir dachten, die kommen niemals vor dem Spiel am Wochenende!«

»*Wer* kommt nicht vor dem Spiel?«, fragte Jacki ungeduldig.

»Na, der Vermessungstrupp eben.«

Jacki langte sich an die Stirn. »Ich fass es nicht. Könntet ihr zwei Idioten mir nicht erklären, was das mit den zwei Typen auf sich hat, die bei euch Stäbe in den Boden jagen?«

»Doch, das kann ich.« Franks Fingernägel bohrten sich noch ein Stück tiefer in die dünnen Kunststofflehnen. »Irgend so ein bescheuerter Klub hat Bauer Sendler eine stolze Jahrespacht für die Wiese geboten. Dabei sind die bestimmt überhaupt erst durch unser Klubhaus und die gepflegte Wiese auf die Idee gekommen, dass das ein klasse Standort für einen Klub ist. Und jetzt will ihnen Sendler die Wiese verpachten, wenn wir beim Auswärtsspiel am Samstag nicht das Tor vom 1. FC Klarshütten mit einem genialen Angriffsspiel zum Erzittern bringen.«

»Das sieht Sendler gar nicht ähnlich«, überlegte Jacki. »Er hat euch doch bis jetzt immer großzügig unterstützt. Und das nicht nur, weil ihr seinen Sohn Luki bei euch mittrainieren lasst.«

»Ich weiß auch nicht genau«, gestand Jan. »Guido hat mit ihm telefoniert. Sendler hat wohl gesagt, dass der Bauernhof nicht mehr so viel abwirft und er jetzt sehen muss, wie er an Geld kommt.«

»Na ja, wenn Guido das gesagt hat, muss es ja noch lange nicht stimmen«, schimpfte Frank. »Der lügt doch, was das Zeug hält.«

»So ein Blödsinn«, widersprach Jan. »Nur weil ihr euch

wegen Angelina in den Haaren habt, musst du nicht gleich so übertreiben.«

»Es ist ja nicht nur …«, begann Frank, aber Jacki übertönte ihn mit einer berechtigten Frage.

»Nun mal ganz langsam«, donnerte sie. »Was soll denn das überhaupt für ein Klub sein, der euch das Wasser abgraben will?«

Frank und Jan zuckten gleichzeitig mit den Achseln.

»Tennis, glaube ich«, murmelte Frank und Jan sagte: »Soviel ich weiß, irgendwelche Naturfreunde.«

»Also noch nicht einmal das wisst ihr«, schimpfte Jacki. »Ich hab beinahe das Gefühl, euch liegt gar nicht so viel an der Wiese.«

»Aber natürlich liegt uns daran«, widersprach Frank und Jan sagte: »Ohne die Wiese sind wir aufgeschmissen. Dann haben wir keine zusätzliche Trainingsmöglichkeit mehr und können unseren Wunsch, fest in einem Profiverein zu spielen, so ziemlich vergessen.«

»Das könnt ihr sowieso, wenn ihr euch gegenseitig wegen irgendwelcher *Angelinas* fertig macht«, nörgelte Jacki. »Ich dachte, ihr wärt die drei coolsten Kicker weit und breit! Und jetzt seht euch an. Frank sieht aus, als wäre er gestern unter einen Mähdrescher geraten, und du, Jan, hechelst wie ein Hund, dem man sein Lieblingsspielzeug weggenommen hat.«

»Danke schön«, sagte Jan. »Aber so ganz Unrecht hast du nicht. Die Fußballwiese ist eben mein Lieblingsspielzeug.«

»Und nicht nur deins.« Frank sprang mit einem Satz auf. Im nächsten Moment bedauerte er es, denn ein scharfer Schmerz jagte durch seinen Rücken. »Mann, Mann, Mann!« Er humpelte auf Jan zu. »Wir müssen unbedingt was unternehmen! Lass uns gleich zurückradeln.«

»Vielleicht wäre es besser, wenn ihr erst einmal euer Gehirn einschalten würdet«, mischte sich Jacki ein.

Frank drehte sich zu ihr um und blickte sie zornig an. »Hör mal, wenn du …«

Jacki drehte die Handflächen nach außen und schüttelte den Kopf. »Ich will keinen Streit. Ich weiß ja, dass bei euch die Nerven im Augenblick blank liegen. Aber überlegt mal: Vor einem wichtigen Fußballspiel informiert ihr euch doch über euren Gegner, oder?«

Frank nickte. »Schon.«

»Und jetzt steht eine ganz besondere Art von Spiel an, nicht wahr?«, fragte Jacki. »Der Kampf um eure Fußballwiese.«

»Tja«, überlegte Jan. »Da hast du irgendwie Recht.«

»Also müsst ihr erst einmal rausbekommen, wer euer Konkurrent ist«, schloss Jacki. »Und dann sehen, dass ihr ihm irgendetwas entgegensetzen könnt.«

Jan nickte langsam. »Ich dachte zwar, wir konzentrieren uns am besten auf das Auswärtsspiel und dann sieht Sendler schon, was er an uns hat …«

»Aber rauszubekommen, wer uns dazwischenfunken will, macht Sinn«, sagte Frank ungeduldig. »Also düsen wir doch am besten gleich los, wie ich das vorgeschlagen habe.«

»Und wo ist Guido?«, fragte Jacki.

»Der beobachtet den Vermessungstrupp«, sagte Jan. »Angelina hilft ihm dabei.«

Franks linkes Auge fing nervös an zu zucken. Die Vorstellung, dass Guido und Angelina jetzt irgendwo hinter einem Baum hockten, ganz nah beieinander, und vielleicht den Vermessungstrupp im Auge behielten, vielleicht aber auch etwas ganz anderes taten, brachte ihn fast zur Weißglut.

»Guido und Angelina, so so«, sagte Jacki und auch ihre Stimme klang plötzlich um mehrere Grade kälter. Immerhin war Guido bislang immer ihr hinterhergelaufen – und auch wenn sie ihn nicht so richtig ernst genommen hatte, schien sie sich jetzt doch zunehmend darüber zu ärgern, dass er plötzlich nur noch Interesse für ein anderes Mädchen zeigte. »Aber wie auch immer.« Jacki warf kämpferisch den Kopf in den Nacken. »Wenn Guido an der Fußballwiese Wache schiebt, dann sollten wir uns um etwas anderes kümmern: nämlich herauszubekommen, wer Sendler die Pacht angeboten hat.«

»Pacht angeboten!«, prustete Jan. »Das klingt doch viel zu vornehm. Ganz gemeine *Wiesenräuber* sind das.«

»Wiesenräuber ist gut«, meinte Jacki. »So nennen wir die Typen ab jetzt, die euch die Wiese abluchsen wollen.«

»Ja«, pflichtete Jan ihr mit wildem Blick bei. »Und die

machen wir fertig. Wer zieht mit in den Kampf gegen die Wiesenräuber?«

Frank und Jacki sahen sich kurz an und nickten dann.

»Also geloben wir feierlich«, sagte Jan ernsthaft, »dass wir einen Bund gegen Wiesenräuber und übriges Gesindel schließen.«

»Ja, das geloben wir«, sagten Frank und Jacki wie aus einem Munde.

Jan kratzte sich am Kopf. »Aber ... wie machen wir das am besten?«

»Sicher nicht, indem wir jetzt Guido und Angelina besuchen«, sagte Jacki bestimmt und drehte sich zu Frank um. »Oder müssen wir uns das wirklich antun, Bruderherz?«

»Nein«, sagte Frank fast entsetzt, dem die letzte Begegnung mit den beiden noch in den Knochen steckte.

»Dann auf in die Höhle des Löwen«, sagte Jan bestimmt. »Fahren wir zum Sendler-Bauernhof und sehen zu, dass wir dort die Spur der Wiesenräuber aufnehmen!«

Als Frank neben den beiden anderen den Hügel hinaufradelte, hinter dem das Tal mit Sendlers Bauernhof lag, fragte er sich, was er hier eigentlich tat. Sendler hatte zwei Kinder, den kleinen Luki und seine Schwester Karin. Letztere hatte es Frank ganz besonders angetan – bis Angelina in sein Leben getreten war. Ausgerechnet jetzt Karin unter die Augen zu treten, hielt er für keine gut Idee. Aber Jan hatte sich in diesem Punkt nicht erweichen lassen.

»Ich hoffe nur, dass Karin wirklich weiß, wer die Wiesenräuber sind«, sagte Jan gerade, der zwischen den Geschwistern radelte.

Frank nickte geistesabwesend. »Ja. Ich frage mich nur, warum wir das nicht telefonisch erledigen konnten.«

»Weil ich finde, Jan hat Recht, dass wir persönlich fragen sollten«, sagte Jacki von rechts außen her. »Da kriegen wir bestimmt mehr raus, als wenn wir ...« Sie kam nicht mehr dazu, ihren Satz zu beenden. Von hinten war plötzlich wummerndes Motorengedröhne zu hören, und dann hupte es auch schon. Frank, der links außen auf dem schmalen Weg fuhr, verriss vor Schreck den Lenker und wäre beinahe in Jan gekracht, was Jan wiederum dazu zwang, nach rechts auszuweichen, wodurch er Jacki in Bedrängnis brachte.

Der Wagen hupte erneut: ein tiefes, dumpfes Röhren wie ein Untier. Frank hatte alle Hände voll zu tun, sein Rad wieder in den Griff zu kriegen, gleichzeitig abzubremsen und sich hinter Jan einzufädeln. Gerade noch rechtzeitig, denn da donnerte der Wagen auch schon haarscharf an ihnen vorbei. Frank spürte den Luftzug und musste sich nach rechts legen, um nicht von dem ausladenden Außenspiegel des überraschend großen Fahrzeugs gestreift zu werden. Als er schlingernd zum Stehen kam, sah er den Wagen gerade noch hinter der nächsten Kurve verschwinden. Soweit er das in diesem kurzen Moment erkennen konnte, war es eine Mischung aus einem total aufgemotzten Wohnmobil und einem Geländewagen mit übergroßen Rädern, bunt, ausladend und mit zig Lichtern, die trotz des hellen Tages um die Wette blitzten und funkelten.

»Du Idiot!«, brüllte er ihm nach und schüttelte wütend die Faust.

Als er ein Stöhnen hörte, drehte er sich erschrocken um. Jacki rappelte sich gerade wieder auf, ihr Rad lag neben ihr im Feld. »Der hat uns glatt von der Straße gedrängt«, sagte sie fassungslos.

»Eigentlich hätten wir ja auch nicht nebeneinander fahren dürfen«, sagte Jan, der blass um die Nase geworden war und es wohl nur mit Mühe geschafft hatte, einen Sturz zu verhindern, so verkrampft, wie er über seinem Sportrad hing.

»Blödsinn«, sagte Frank finster. Er stellte sein Rad ab und eilte zu Jacki hinüber. »Das ist doch bloß die Zufahrt zu Sendlers Hof! Hier fährt sonst niemand wild in der Gegend rum.«

Als er nach Jackis Arm greifen wollte, schüttelte sie abwehrend den Kopf. »Ich bin schon okay. Aber mein Rad ist hinüber.«

Frank folgte ihrem Blick. Jackis neues Rad, das sie gerade zum Geburtstag bekommen hatte, war ein Bild des Jammers. Der Lenker hing schief, die Klingel war abgerissen und das Vorderrad sah aus, als hätte es jemand mit beiden Händen genommen und zusammenzudrücken versucht.

»O Mann«, stöhnte Frank auf. »Papa wird dir den Kopf abreißen.«

»Wohl eher dir«, sagte Jacki trotzig. »Schließlich bin ich ganz rechts gefahren. Du hast Jan und mich abgedrängt!«

»Das sehe ich ein bisschen anders!« Frank starrte in die Richtung, in der das aufgemotzte Wohnmobil verschwunden war. »Der Idiot kann ja nicht weit gekommen sein. Ich glaube, ich werd ihm mal ein paar Takte zu seinem Fahrstil sagen – und dann, das schwöre ich dir, Jacki, wird er auch dein Rad ersetzen!«

KAPITEL 4

Jackis Rad hatten sie am Feldrain liegen gelassen. Sie selbst war auf Jans Gepäckträger geklettert und ließ sich nun die letzten Meter von ihm ins Tal hinabfahren. Frank war gar nicht wohl dabei zumute, als er Jan ziemlich schnell über die Schotterpiste donnern sah, zu der die ansonsten asphaltierte Straße auf dem letzten Stück Weg wurde. Aber er verbiss sich jeden Kommentar. Es hätte sowieso nichts genutzt.

Sie hatten die letzte Kurve noch nicht genommen, als ihnen lautes Hundegebell entgegenscholl, dann brach ein riesiges Ungetüm von Schäferhund aus dem Gebüsch hervor. Jan versuchte an ihm vorbeizusteuern und Jacki stieß einen spitzen Schrei aus, als sie – zum zweiten Mal innerhalb kürzester Zeit – das Gleichgewicht zu verlieren drohte.

Doch der Schäferhund hatte es nicht auf die beiden abgesehen, sondern auf Frank. Mit großen, gestreckten Sprüngen hetzte er auf ihn zu. Frank zog beide Bremsen so fest, dass der Schotter unter ihm nur so wegspritzte und sich das Hinterrad querstellte. Zwei, drei fürchterliche Sekunden lang schlitterte er in Schräglage auf den Schäferhund zu, dann gelang es ihm, die Kontrolle über das Rad wiederzuerlangen und endgültig anzuhalten.

Im selben Moment sprang der Schäferhund auch schon an ihm hoch. Frank riss schützend den Arm vor den Körper, aber es nutzte nichts. Der Hund fuhr Frank mit seiner feuchten Zunge quer durchs Gesicht.

»Bah!«, schrie er. »Aus, Hasso, aus!«

Der Schäferhund hatte die rechte Pfote auf den Lenker gelegt, und als er sie wieder zurückzog, um gehorsam von Frank abzulassen, löste er die Klingel aus. Es machte laut und deutlich *Pling!*

Jan und Jacki lachten, und das so ausgelassen, weil auch eine Menge Erleichterung darüber mitschwang, dass Hasso es auf Frank und nicht auf einen von ihnen abgesehen hatte.

»Ich hab heute Morgen schon geduscht, Hasso«, sagte Frank in gespieltem Zorn. Der Hund legte den Kopf schief und knurrte übermütig. »Nein, ich will nicht mit dir spielen. Zumindest heute nicht.«

Hasso spitzte die Ohren, drehte sich dann mit einem Ruck um und war einen Moment später wieder in den Büschen verschwunden.

»Der gehorcht dir aber aufs Wort«, sagte Jan anerkennend.

»Kann schon sein«, sagte Frank übellaunig und wischte sich mit dem Ärmel übers Gesicht. »Aber ich glaub eher, dass ihn Luki zurückgepfiffen hat.«

»Wie auch immer.« Jacki stieß einen Seufzer aus. »Ich setz mich heute auf kein Rad mehr. Das ist ja lebensgefährlich, hier rumzufahren!«

»Stimmt schon«, sagte Jan. »Aber wir sind ja jetzt da.«

»Genau wie die Typen mit dem aufgemotzten Wohnmobil«, sagte Frank. »Die können nicht weit sein, schließlich endet der Weg hier. Und ich hätte nicht übel Lust, Hasso auf sie zu hetzen.«

»Was bist du denn so aufgeregt, Hasso?«, erscholl eine Stimme aus der Richtung, in die der Hund verschwunden war, und dann trat Luki aus dem Gebüsch, gefolgt von dem großen Schäferhund. Der Junge mit der Nickelbrille hielt einen Fußball in der Hand, trug Fußballschuhe und hatte ein verschwitztes Gesicht. Frank wurde bei diesem Anblick ganz anders zumute. Er fühlte sich zurückversetzt in gute alte Zeiten, als er mit seinen Freunden voller Begeisterung trainiert hatte. Am liebsten wäre er gleich auf Luki zugestürzt, um mit ihm ein bisschen über die Schotterpiste zu hetzen, Ball links, Ball rechts …

»Hallo Jungs«, sagte Luki, und als hätte er Franks Gedanken erraten, fügte er hinzu: »Wie wär's mit ein bisschen Fußball?«

»Ach nee, heute mal nicht«, sagte Jan. »Wir haben nämlich was anderes zu tun …« Aber als er Franks sehnsüchtigen Blick auffing, fügte er in verändertem Tonfall hinzu: »Warum eigentlich nicht.«

»Jungs«, sagte Jacki und tippte sich an die Stirn. »Es gibt doch im Augenblick wirklich Wichtigeres als …«

»Ich hab nämlich was ganz Tolles, was ich euch zeigen muss«, unterbrach sie Luki. »Kommt mit.«

»Ich habe was gesagt«, schimpfte Jacki. »Und wenn du mich schon nicht begrüßt, könntest du mich wenigstens ausreden lassen.«

»Aber ich hab dich doch begrüßt«, sagte Luki ganz unschuldig. »Ich habe ›Hallo Jungs‹ gesagt.« Er brach erschrocken ab. »Ach, ja …«

»Ach, ja.« Jacki schüttelte entnervt den Kopf. »So klein, dass du Jungs und Mädels nicht auseinander halten kannst, bist du doch nicht mehr.«

»Eh, ja.« Luki bekam einen knallroten Kopf.

»Nur einen Moment, ja?«, sagte Frank. »Luki will uns was zeigen. Wir sind gleich zurück.«

»Nee, Jacki kann ruhig mitkommen«, sagte Luki. Plötzlich strahlte er wieder. »Ich hab nämlich was ganz Tolles.« Damit drehte er sich um und verschwand wieder im Gebüsch.

Es dauerte nicht lange, dann standen die drei vor Lukis Überraschung. Frank wusste im ersten Moment nicht, was er sagen sollte. Jan kratzte sich am Kopf, öffnete ein paarmal den Mund und schloss ihn dann wieder. Es war Jacki, die als Erste die Sprache wiederfand.

»Ja.« Sie nickte. »Ganz nett.«

»Ganz *nett?*«, krächzte Luki. Die Enttäuschung stand ihm im Gesicht geschrieben. »Hör mal. Ich hab mir eine Riesenmühe gegeben, um hier einen Trainingsplatz zu bauen, und du sagst: ›Ganz nett‹?«

»Ja«, sagte Jacki ungerührt. »Ist er doch, oder?« Sie deutete auf den Stapel schwerer Treckerreifen, die Luki als Torpfosten aufgebaut hatte. »Wie hast du die überhaupt hierher gekriegt?«

»Mein Vater hat mir geholfen«, sagte Luki trotzig, während er den Fußball unruhig in seinen Händen drehte. »Er hat gesagt, wenn er eure Fußballwiese schon weiterverpachten muss, will er euch wenigstens eine neue Trainingsmöglichkeit zur Verfügung stellen.«

Frank brachte noch immer keinen Ton heraus. Er starrte mit einer Mischung aus Entsetzen und Faszination auf den *Fußballplatz,* den Luki hinter der großen Scheune auf einer recht welligen Wiese abgesteckt hatte, und dann auf den Misthaufen, der höchstens zwei Meter von dem einen aus Treckerreifen errichteten Tor entfernt vor sich hin stank, dass ihm schon aus dieser Entfernung ganz schlecht wurde.

»Wirklich ... schön«, brachte er mühsam hervor. »Da können wir ...« Er schluckte trocken, dann brachen seine wahren Gefühle aus ihm hervor: »Sag mal, tickt dein Vater eigentlich noch ganz richtig? Warum will er uns unsere Wiese wegnehmen? Wir haben ihm doch nichts getan!«

Hasso, der sich neben Luki ins Gras geworfen hatte, legte den Kopf schief und knurrte leise. Das lag bestimmt nicht daran, *was*, sondern *wie* Frank es gesagt hatte.

Luki starrte Frank durch seine Brille hindurch an, als ob er gleich losheulen würde. »Ich hab's doch nur gut gemeint«, flüsterte er verzweifelt. »Ich will ja auch nicht, dass mein Vater euch die Wiese wegnimmt. Aber im Augenblick läuft alles schief. Die letzte Ernte war eine Katastrophe und uns sind auch noch einige Kühe gestorben. Irgendwoher muss mein Papa doch Geld kriegen!«

Frank nickte langsam. Er hatte sich so was schon gedacht. »Dann müssen wir eben sehen, dass dein Vater irgendwo anders Geld herkriegt«, sagte er.

»Und wie willst du das anstellen?«, fragte Luki.

»Na, mit dem, was wir am besten können, natürlich«, sagte Frank. »Mit Fußballspielen.«

Die anderen drei starrten ihn ganz verdattert an, aber Frank gab ihnen keine Chance, nachzufragen. Er machte einen Satz auf Luki zu und schlug ihm den Ball aus der Hand. »Komm, Jacki!«, rief er. »Wir beide gegen Jan und Luki.«

»Sollten wir nicht erst ...«, begann Jacki, aber Jan schüttelte fröhlich den Kopf, während Frank den Ball schon in eine kleine Kuhle mitten in der unebenen Wiese legte, die sich fast genau zwischen den beiden improvisierten Toren befand.

»Wir müssen sehen, dass wir auf unserer Fußballwiese eine megastarke Party mit Fußballspiel organisieren, bei dem wir Eintritt verlangen können. Irgendeine große Sache, mit einer Torwand wie im Sportstudio, fünfzig Cent pro Schuss, und noch ein paar anderen Ballkunststücken, bei denen wir richtig abkassieren können.«

»Hey«, sagte Jan, der ihm gegenüber Aufstellung genommen hatte, und kratzte sich am Kopf. »Das klingt gar nicht so blöd. Sonst ist doch immer Guido der mit den tollen Ideen. Wie kommt es, dass du jetzt so lossprudelst?«

»Da fragst du noch?« Frank lupfte den Ball mit der Fußspitze und spielte ihn von einem Fuß auf den anderen. »Weil Guido für mich abgeschrieben ist, deswegen. Im Grunde habe ich immer nur die Klappe gehalten, um ihm nicht die Show zu stehlen.«

Das entsprach natürlich nicht ganz der Wahrheit, war jetzt aber nicht so wichtig. Frank hätte im Augenblick einiges gesagt, um Guido eine reinzuwürgen. Komisch nur, dass er vorhin einen Riesenschreck bekommen hatte, als Jan in Jackis Zimmer gestürzt war. Er hatte zuerst geglaubt, Guido sei etwas passiert. Da war er plötzlich gar nicht mehr wütend gewesen, sondern hatte sich nur noch große Sorgen um Guido gemacht …

Frank verscheuchte den Gedanken und drehte sich um. Der Schmerz, der dabei durch seinen Rücken fuhr, erinnerte ihn an den Sturz, den er Eberhard zu verdanken hatte – und natürlich an Guido. Das änderte alles. Sein Magen verkrampfte sich wieder bei dem Gedanken an seinen *ehemals* besten Freund. Warum war das Leben nur so ungerecht? Da hatte ihm ein gütiges Schicksal die aufregende Angelina direkt vor die Nase gesetzt. Und er hatte sich gerade in dem Moment mit Guido zerstritten, in dem sie eigentlich ganz fest zusammenhalten und gemeinsam um den Trainingsplatz im Wald kämpfen mussten? Das war einfach nicht fair!

»Also los, spielen wir eine Runde!« Er machte einen Schritt, mit dem Ball auf der Fußspitze, und schoss ihn zu Jacki hinüber. Der Schuss war genau so berechnet, dass ihn seine Schwester kriegen musste.

Aber Jacki dachte gar nicht daran. Sie ließ den Ball achtlos an sich vorbeisausen und schüttelte den Kopf. »Das ist keine gute Idee«, stellte sie fest. »Das ist Blödsinn. Es kommt doch niemand zu euch auf die Wiese, um fünfzig Cent dafür zu zahlen, einmal einen Ball gegen eine Wand knallen zu dürfen.«

»Doch, aber natürlich.« Frank starrte stirnrunzelnd dem Ball hinterher, der in den Graben zwischen Wiese und Feld plumpste. »Der Bürgermeister zum Beispiel, der macht das bestimmt. Und außerdem sind in dieser speziellen Wand ja zwei Löcher und da soll man den Ball reinspielen und wer das schafft, kriegt einen Preis dafür.«

»Aber trotzdem ...«

»Trotzdem holst du jetzt den Ball«, sagte Frank scharf. Er deutete auf den Graben. »Ich hab keine Lust mehr zum Labern. Ich will Fußball spielen. Wenigstens ein paar Minuten.«

Jacki zuckte mit dem Schultern. »Aber ohne mich.«

Frank machte den Mund auf, um seinem Ärger Luft zu machen, aber Hasso kam ihm zuvor. Er hatte das Gespräch mit schief gelegtem Kopf verfolgt. Jetzt bellte er zwei-, dreimal laut auf und sprang mit lang gestreckten Sätzen auf Jacki zu.

»Aber Hasso!«, schrie das Mädchen erschrocken.

Doch der Schäferhund hatte es gar nicht auf sie abgesehen. Er machte einen letzten noch größeren Satz – und plumpste mit einem Riesenplatscher in den Graben.

»Raus da, Hasso!«, schrie Luki. »Da ist doch Stinkebrühe drin!«

Im selben Moment flog der Ball aus dem Graben, gefolgt von Spritzern einer gelblich-braunen Flüssigkeit und einem Hundekopf, der sich scheinbar grinsend, da er die Zähne bleckte, hochschob. Frank hatte keine Zeit darauf zu achten, was Hasso noch veranstaltete. Sein Jagdinstinkt war erwacht.

»Gut gemacht, Hasso!«, brüllte er und stürmte los. Schon nach ein paar Schritten hatte er den Ball eingeholt.

Jan reagierte ganz so, wie man es von einem talentierten Jugendkicker erwartete. Er lief Frank entgegen, wobei er genau zwischen Frank und dem Tor blieb, um ihm dem Weg abzuschneiden und den Ball abzujagen.

Frank hatte natürlich damit gerechnet. Er änderte im letzten Moment die Richtung, verpasste dem Ball einen Drall, der ihn beinahe in einer Kurve von Jan wegführte, und hetzte hinter ihm her.

Jan gab einen entsetzten Laut von sich und Frank bemerkte aus den Augenwinkeln, wie er stehen blieb. Aber er hatte keine Zeit, sich weiter darum zu kümmern, und auch, dass sich Jan angeekelt übers Gesicht fuhr und Spritzer einer braun-gelben Flüssigkeit wegwischte, drang nicht richtig in sein Bewusstsein. Er war vollkommen auf Luki fixiert, der sich zwischen den zwei Stapeln aus mächtigen Treckerreifen aufgebaut hatte und wie ein richtiger Torwart Frank entgegensah, mit leicht vornüber gebeugtem Oberkörper und ausgebreiteten Armen.

An fehlendem Einsatz mangelte es Luki wirklich nicht. Er wusste wahrscheinlich am besten, was für eine Brühe in dem Graben vor sich hingluckerte, aus der Hasso den Fußball wieder herausgefischt hatte. Trotzdem ließ er sich davon nicht erschüttern. Frank sollte es egal sein. Er holte mit dem rechten Fuß aus, um den Ball kraftvoll ins Tor zu donnern und zur Not Luki gleich mit.

Bevor sein Fuß den Ball jedoch traf, rempelte Hasso ihn an. Offensichtlich hatte der Schäferhund sich entschieden, nun für die Gegenseite Partei zu ergreifen; in jedem Fall war der übermütige Stoß, den er Frank versetzte, stark genug, um seinen Schuss zu verreißen.

Der Fußball zog ab, nur die Richtung stimmte ganz und gar nicht. Er flog über den Misthaufen hinter dem Tor und dann klirrte es. Nur einen Sekundenbruchteil später schrie jemand wütend und entsetzt auf.

»Auweia!«, sagte Frank. Er stand wie erstarrt da und versuchte über ein rostiges, halb ausgeschlachtetes Autowrack hinwegzuspähen, um herauszubekommen, was er da getroffen haben mochte.

Luki hatte sich umgedreht und seine leicht gebückte Haltung mit den herabhängenden Armen erinnerte an einen Schimpansen, der auf den Angriff einer feindlichen Gruppe wartete.

Jan fing sich als Erster. »Ich glaube, wir sollten besser verschwinden«, sagte er heiser.

»Gute Idee«, pflichtete ihm Jacki bei.

Nur Frank schüttelte stur den Kopf. »Ich muss wissen, was ich da angerichtet habe. Ich haue nicht so einfach ab.«

KAPITEL 5

Hasso spitzte die Ohren und knurrte, aber diesmal klang es alles andere als freundlich und zum Spiel herausfordernd. Das war kein Wunder. Der Typ, der mit dem Fußball in der Hand hinter dem stinkenden Misthaufen hervorschoss, hatte ein wutverzerrtes Gesicht und einen Oberkörper, der aussah, als hätte er ihn sich vom jungen Arnold Schwarzenegger geliehen. Dabei war er allerhöchstens sechzehn Jahre alt. Aber das machte ihn nicht ungefährlicher, ganz im Gegenteil.

»Wer war das?«, brüllte er, kaum dass er Frank und seine Freunde entdeckt hatte. »Wer hat den Außenspiegel von unserem Bully Chevroran abgeschossen?«

Luki schrumpfte plötzlich in sich zusammen, als ob er sich als siebter Zwerg bei Schneewittchen bewerben wollte, und Jan, der eben noch neben Frank gestanden hatte, machte ein paar Schritte rückwärts und war dann wie vom Erdboden verschwunden. Sein Vater hatte Frank immer wieder eingebläut, dass man dazu stehen musste, wenn man etwas angerichtet hatte, aber als er jetzt in das wutverzerrte Gesicht des Tobenden vor sich starrte, wünschte er sich, er hätte es nicht getan.

Jacki war die Erste, die ihre Sprache wiederfand. »Ich

vermute mal«, sagte sie mit leicht zitternder Stimme, »dass ein Bully Chevroran ein ziemlich großes Auto ist, so eine Art Wohnmobil. Und dass ihr es wart, die uns von der Straße gedrängt habt. Dabei ist nämlich mein Rad kaputtgegangen …«

»Unser Chevroran ist kein Wohnmobil.« Der Muskelprotz hatte die Wiese erreicht und blieb stehen, wobei er unschlüssig zwischen Frank und Luki hin und her sah, als könne er sich nicht entscheiden, auf wen er sich zuerst stürzen sollte. »Es ist ein von uns selbst aufgebautes Funmobil.«

»Ein … *was?*«

»Ein Spaßmobil«, knurrte der Neuankömmling und wechselte den Ball von der linken in die rechte Hand. »Aber es macht mir gar keinen Spaß, wenn ihr es mutwillig zerstört.«

»Haben wir doch gar nicht«, widersprach Jacki. »Aber was ist mit meinem Rad …«

Der Muskelprotz warf ihr einen kurzen Blick zu. »Dein Rad interessiert mich nicht die Bohne. Mich interessieren nur die beiden Volltrottel hier. Oder auch der dritte, der gerade abgehauen ist. Denn einer von ihnen hat unseren Spiegel abgeschossen.«

»Es war …«, krächzte Luki. »Es war …«

»Ja?« Die Augen des Muskelprotzes verengten sich, als er sich zu Luki umdrehte. »Wer war es, du Knirps?«

»Es war ein Unfall«, beendete Luki. »Wirklich, Dirk, es

war nur ein Versehen. Niemand wollte irgendetwas kaputtmachen.«

»Also warst du es, ja?« Dirk machte einen Schritt auf Luki zu, in seinen Augen funkelte es tückisch. »Dann solltest du schon mal dein Sparbuch suchen, Kleiner. Denn so ein Spiegel ist verdammt teuer. Und du wirst ihn uns bis auf den letzten Cent bezahlen.«

Frank schnürte es vor Empörung fast die Luft ab. Gerade erst hatte ihnen Luki erzählt, wie schlecht es seiner Familie finanziell ging. Und dieser Muskelprotz hatte nichts Besseres zu tun, als Luki damit zu drohen, dass er den Spiegel bezahlen müsste? Das konnte doch wohl nicht wahr sein!

»Jetzt reicht's mir«, sagte er und trat ein Stück vor, an Hasso vorbei, der dem Gespräch folgte, als würde er jedes einzelne Wort verstehen. »Jackis Rad müsst ihr sowieso ersetzen. Aber das regeln wir später. Jetzt lass erst mal Luki in Ruhe. Der ist nämlich vollkommen unschuldig an der ganzen Sache.«

Frank hatte damit gerechnet, dass Dirk zu ihm herumfahren würde, aber er hatte sich getäuscht. Er macht noch einen Schritt auf Luki zu. »Und wer ist auf die Idee gekommen, hier Fußball zu spielen, he? Das warst ja wohl du, oder? Also werde ich jetzt zu deinem Vater gehen und ihm erzählen, was du und deine Freunde hier angestellt haben.«

»Aber Dirk!« Luki war so aufgeregt, dass er sich vor lauter Verzweiflung die Brille von der Nase riss und nervös damit herumzuspielen begann. »Das können wir bestimmt auch anders regeln.«

»Genau«, sagte Frank so bestimmt, wie er es in diesem Moment nur fertig brachte. »Luki hat damit überhaupt nichts zu tun. Ich hab euch den Spiegel abgeschossen. Und das ist keine Katastrophe, weil ich nämlich versichert bin ...«

»Interessiert mich nicht«, sagte Dirk kalt. »Luki hat doch sicher die blödsinnige Idee gehabt, hier hinter dem Misthaufen im Dreck Fußball zu spielen. Außerdem war er anscheinend der Torwart. Er hätte den Ball fangen müssen.«

»Aber Hasso hat mich doch ...«, begann Frank.

Jetzt drehte sich Dirk zu ihm um und Frank verschlug es die Sprache, als er seinem wütenden Blick begegnete. »Ach so.« Dirk warf einen abschätzenden Blick auf Hasso und der große Schäferhund begann leise zu knurren. »Jetzt drohst du mir also mit dem Hund. Das wird ja immer schöner!«

Hasso, der eben noch ganz friedlich neben Frank im Gras gelegen hatte, richtete sich mit einem Ruck auf. Aus seinem gerade noch recht harmlosen Knurren wurde etwas anderes, Gefährliches.

»Halt bloß diesen blöden Köter zurück«, drohte Dirk. »Wenn der mich beißen will, schmeiße ich ihm den Fußball an den Kopf.«

Zumindest das Wort *Fußball* schien Hasso tatsächlich zu verstehen. Und er wäre nicht Lukis Hund, wenn er nicht sofort darauf reagiert hätte.

Er legte den Kopf schief, starrte den Ball in Dirks Händen an und knurrte erneut, diesmal aber nicht mehr bedrohlich, sondern eher spielerisch.

Dirk schien das jedoch als Vorstufe zu einem Angriff aufzufassen, denn er holte aus, als wolle er den Ball tatsächlich auf den Hund werfen. »Lass mich bloß in Ruhe, du Misttöle!«, schrie er dabei.

Hasso schien ihn jetzt endgültig misszuverstehen. Er kläffte drei-, viermal hintereinander und sprang vor, offensichtlich in der Erwartung, dass das Fußballspiel nun endlich weitergehen würde.

Und das tat es auch, wenn auch auf ganz andere Weise, als sich das wohl alle vorgestellt hatten. Dirk holte mit dem Ball aus, um ihn auf Hasso zu werfen, und Hasso stürzte auf ihn zu wie ein Mittelfeldspieler, der einem Gegner den Ball abjagen will.

Den kleinen Luki einzuschüchtern war Dirk nicht schwer gefallen, doch beim Anblick des heranstürmenden Schäferhundes wich dem Muskelprotz vor lauter Schreck sämtliche Farbe aus dem Gesicht. Er stieß einen erstickten, fast mädchenhaften Schrei aus und stolperte zurück, von Luki weg und vor allem aus der Angriffsrichtung – wie er glaubte.

Dabei beging er den Fehler, den Ball weiter in der Hand zu behalten. Das konnte Hasso nicht zulassen. Frank hatte keine Ahnung, wie weit Luki ihn zum Mitspieler bei seinen einsamen Fußballübungsstunden trainiert hatte, aber Handball war Hasso anscheinend äußerst unsympathisch. Er sprang Dirk an, nicht um nach seiner Kehle zu schnappen – was Frank einen Moment lang beinahe bedauerte –, sondern nur, um den Fußball wegzuschubsen.

Dirk kreischte nun wirklich wie ein kleines Mädchen und ruderte wild mit den Armen. Hassos Schädel krachte hart gegen die Hand, die den Ball hielt, und das runde Leder sauste davon, in Franks Richtung.

Frank hätte den Ball routiniert angenommen, wenn ihn nicht etwas vollkommen aus der Fassung gebracht hätte. So bedrohlich Dirk mit seinem Herumgeschimpfe eben noch gewirkt hatte, so lächerlich sah er jetzt aus.

Hasso hatte sich von ihm weggedreht und seine klugen Hundeaugen verfolgten den Ball, den er Frank quasi zugespielt hatte. Sein wild wedelnder Schwanz traf dabei Dirk oberhalb der Knie. Vielleicht war es das, was den Muskelprotz endgültig aus dem Gleichgewicht brachte, vielleicht rutschte er auch bloß auf dem schmierigen Boden aus. Sein linkes Bein sauste jedenfalls nach oben und kurz darauf folgte sein rechtes. Es sah aus, als ob ihm jemand kraftvoll die Beine unter dem Leib weggetreten hätte.

In dem Augenblick, in dem sich Hasso abstieß, um dem Ball hinterherzujagen, sah Frank nur wirbelnde Hundebeine und nicht mehr Dirk. Als er ihn danach wieder im Blickfeld hatte, saß der Muskelprotz für einen winzigen Sekundenbruchteil förmlich in der Luft. Dann plumpste er hart mit dem Hintern auf den Boden. Sein Pech dabei war, dass das ein gutes Stück hinter dem Tor passierte, auf einem leicht abschüssigen, schmierigen Stück.

Von seinem eigenen Schwung getragen rutschte Dirk weiter, drehte sich einmal um die eigene Achse. Er riss abwehrend die Hände hoch, aber es war zu spät. In voller Fahrt sauste er auf den Misthaufen zu und in ihn hinein. Der entsetzte Schrei, den er auf den Lippen hatte, erstarb, als er mit dem Gesicht voran in die stinkende Masse eintauchte.

Es herrschte atemlose Stille.

Dirk klebte wie eine Comicfigur mit ausgebreiteten Armen an dem Misthaufen.

Doch dann konnte Frank nicht anders, das Lachen explodierte geradezu in ihm. Hasso begann wild zu kläffen, stupste den Ball mit der Nase voran auf das Tor zu, in dem immer noch Luki stand. Aber auf den Hund achtete in diesem Moment keiner, zu unglaublich und lächerlich war der Anblick, den Dirk bot.

Auf seinen Haaren und über seinen Rücken hinab hing eine Mischung aus Stroh, Kuhmist und noch schlimmeren Dingen. Seine Arme zuckten wie im Krampf, aber er bekam trotz seiner Körperkraft die Hände im ersten Anlauf nicht aus der Masse, in die er sie selbst in seiner verzweifelten Abwehrhaltung hineingebohrt hatte.

Hasso schob den Ball an Luki vorbei, der beide Hände in die Hüften gestemmt hatte und so schallend lachte, das er schon ganz rot angelaufen war. Der Schäferhund gab dem Ball einen letzten Schubser und er rollte direkt auf Dirk zu, wie eine Aufforderung, doch endlich weiterzumachen mit dem spannenden Spiel.

»Ich glaube …«, prustete Jacki. »Ich glaube, wir sollten … ihm helfen.«

»Besser nicht«, gluckste Frank. »Wir sollten lieber abhauen, bevor der da rauskommt.«

Das war bestimmt kein schlechter Vorschlag, denn jetzt legte Dirk den Kopf in den Nacken und stieß ein wütendes Gebrüll aus, das einem Grizzlybären alle Ehre gemacht hätte. Frank konnte sich nur zu gut ausmalen, was passieren würde, wenn er sie erwischte. Wahrscheinlich konnte ihnen dann nicht einmal mehr Hasso helfen.

Luki schien das genauso zu sehen, denn er wich ein paar Schritte zurück und drehte sich dann auf dem Absatz um. Keine Sekunde zu früh, denn da ging ein Zittern und Beben durch den Misthaufen. Dirk richtete sich auf wie der Koloss in einem Monsterfilm, es gab einen wahren Regen aus kleinen Dreckklumpen und verklebtem Stroh. Nur noch Sekunden würde es dauern, bis er sich endgültig befreit hatte.

Franks Lachen erstarb und er folgte Lukis Beispiel. Mit Hasso an ihrer Seite verschwanden die drei dorthin, wo Jan schon ein paar Minuten zuvor abgetaucht war.

KAPITEL 6

Die Ecke des Hofes, in der sie mit Hasso kauerten, war zwar nicht gerade gemütlich, aber sie hatte einen entscheidenden Vorteil: Von hier aus konnten sie den gesamten Hof überblicken, ohne selbst gesehen zu werden. Schutz gab ihnen ein ganzer Stapel leerer Apfelkisten, durch deren Schlitze hindurch sie sogar die Toreinfahrt und die daneben geparkten Fahrzeuge im Blick hatten.

Jacki kraulte gedankenverloren Hasso hinter den Ohren, der daraufhin ein wohliges Knurren erklingen ließ, das fast wie das Schnurren einer Katze klang.

Frank und Jan tuschelten leise miteinander.

»Ich versteh aber immer noch nicht, warum du gerade abgehauen bist«, flüsterte Frank.

Jan grinste schief. »War doch eine gute Gelegenheit, mich nach einem Versteck umzusehen, von dem aus wir den ganzen Hof einsehen können. Von hier aus kriegen wir bestimmt raus, wer alles zu den Wiesenräubern gehört. Denn ich bin sicher, dass Dirk einer davon ist – ich hab nämlich vorhin noch mitbekommen, wie er Bauer Sendler auf die Pacht der Wiese angesprochen hat!«

»Das passt zu der hinterlistigen Schweinebacke«, meinte Frank. Einen Moment hing er seinen trüben Gedanken über Dirk nach, der ihnen zusammen mit seinen Freunden die Wiese abnehmen wollte, dann sagte er: »Echt super, dass du jetzt schon den ersten Wiesenräuber enttarnt hast. Trotzdem sah es vorhin so aus, als ob du dich vor lauter Angst vor Dirk verdrückt hast.«

»Blödsinn«, gab Jan zurück. »Hasso hätte aus dem Typen doch Hackfleisch gemacht, wenn der uns zu nahe gekommen wäre.«

Hasso unterbrach für einen kurzen Moment sein Schnurren und knurrte leise; es klang fast wie eine Zustimmung.

Frank schmunzelte. »Da hast du wohl Recht …«

»Psst«, unterbrach ihn Jacki. »Da kommt jemand.«

Sie hatte die ganze Zeit durch einen Spalt zwischen den Apfelkisten hindurchgestarrt und so als Erste die Gestalt entdeckt, die leise vor sich hinschimpfend die Hofeinfahrt hochgestiefelt kam. Jan und Frank drückten sich jetzt ebenfalls fast die Nasen an den Kisten platt, um Genaueres zu erkennen.

Es war Dirk. Frank hatte erwartet, dass er ein bisschen mitgenommen aussehen würde. Doch das war nicht der Fall. Es war weitaus schlimmer als ein bisschen mitgenommen: Seine Haare sahen aus, als hätte er sie heute Morgen in Schweinegülle getränkt, statt sie zu waschen. Aus seinem Kragen wuchsen dreckverklumpte Strohstücke und seine übrige Kleidung war über und über mit einer schmierigen Schicht bedeckt. In den Händen hielt er ein Tuch, mit dem er an seinen nackten Unterarmen herumrubbelte, als wollte er sich die Haut von den Knochen schrubben.

»Igitt!« Jacki hielt sich die Nase zu. Ob Einbildung oder nicht – aber auch Frank hatte das Gefühl, als wehe ein unangenehmer Duft von Dirk zu ihnen herüber.

»Jetzt wird's interessant«, sagte Jan. »Ich wette, der geht zu dieser Protzkarre rüber, die uns beinahe in den Graben gedrängt hat. Wahrscheinlich kriegen wir gleich noch ein paar andere dieser dreisten Wiesenräuber zu Gesicht. Und dann wissen wir endlich, an wen wir uns zu halten haben!«

Die Protzkarre, wie Jan das Funmobil nannte, stand schräg in der gegenüberliegenden Hofeinfahrt. Frank starrte so angestrengt dorthin, als könne er dem Wagen mit seinem Röntgenblick Geheimnisse entreißen. »Moment ... ich glaub, ich seh da was.«

Frank rutschte ein Stück zur Seite, um an dem Wagen vorbei auf die Zufahrt sehen zu können, und rempelte dabei versehentlich Hasso an. Der Schäferhund wich mit einem protestierenden Knurren zur Seite aus und schob dabei sein mächtiges Hinterteil in den Kistenstapel.

Es knirschte, rappelte und schepperte. Bevor Frank endlich begriff, dass der ganze Stapel ins Wanken kam, war Jan schon aufgesprungen. Er riss die Hände hoch wie ein Torwart, der einen scharf geschossenen Ball aus der Ecke fischen will, und krallte sich an zwei Apfelkisten fest. Frank kauerte zu verdreht, um schnell genug reagieren zu können, dafür hatte Jacki eine günstige Ausgangsposition. Auch sie sprang auf und hing eine Sekunde später wie ein Klammeraffe an der Apfelkistenwand.

Frank rappelte sich mühsam auf, um ebenfalls die Kisten irgendwie zu stützen – doch er hielt mitten in der Bewegung inne. So, wie Jan und Jacki an der noch immer schwankenden Wand hingen, hätte wahrscheinlich jede zusätzlich helfende Hand gereicht, um das Ganze endgültig zum Kippen zu bringen.

Zwei, drei Sekunden lang sagte niemand ein Wort. Dann war es Luki, der das Schweigen brach: »Wow, eure Nummer ist ja echt zirkusreif. Bleibt einfach so stehen. Ich hole einen Fotoapparat ...«

»Untersteh dich!«, unterbrach ihn Jan böse.

»Allerdings können wir uns sowieso nicht rühren«, meinte Jacki in kläglichem Tonfall. »Wenn ich die Hände rausziehe, fallen mir garantiert ein paar Kisten auf den Kopf.«

»Kein Problem.« Frank schob Hassos breiten Schädel ein Stück zur Seite. Er machte aber keine Anstalten, seiner Schwester und Jan zu helfen, sondern lugte stattdessen an dem knirschenden und seltsam schief stehenden Stapel vorbei auf den Hof hinaus.

Dirk, der das Funmobil mittlerweile fast erreicht hatte, starrte glücklicherweise nicht misstrauisch in ihre Richtung, sondern holte mit wütenden Handbewegungen waschechten Schweinemist aus seinem Hemdkragen.

Aus dem Schatten des Wagens trat jemand hervor und blieb in sicherer Entfernung vor Dirk stehen.

Franks Herz blieb vor Überraschung fast stehen. Er hätte mit allen möglichen Leuten gerechnet, sogar mit Eberhard und Thomy, mit denen Dirk unter einer Decke stecken könnte – aber niemals mit dem schlanken Mädchen, das den verdreckten Dirk angeekelt anstarrte.

»Was ist denn mit dir passiert?«, fragte Karin.

»Das frag mal lieber deinen missratenen Bruder«, schimpfte Dirk. »Er und seine bescheuerten Fußballfreunde haben Hasso auf mich gehetzt.«

Karin kniff die Augen zusammen, starrt ihn an – und lachte dann laut auf. »Quatsch. Du bist bestimmt im Misthaufen ausgerutscht. Aber warte, da habe ich was für dich.« Damit machte sie kehrt und war eine Sekunde später im Schatten des Wagens verschwunden.

Karin im trauten Gespräch mit einem Wiesenräuber! Frank wollte seinen Augen nicht trauen. Das hatte ihm gerade noch gefehlt! Seine Empörung hielt allerdings nicht lange an, denn da kehrte Karin schon zurück. In der Hand hielt sie etwas, das Frank in höchste Entzückung versetzte.

»Könntest du uns vielleicht mal helfen?«, meldete sich Jacki ungeduldig, aber Frank hatte nur Augen für Karin. Sie holte mit dem Zinkeimer aus, den sie mitgebracht hatte und …

»Nein!«, schrie Dirk auf und hob abwehrend die Hände. Doch es war zu spät. Ein wohl eiskalter Wasserschwall schwappte ihm ins Gesicht. Dirk schüttelte sich wie ein begossener Pudel.

»Hier!«, rief Karin. Sie warf ihm ein Handtuch zu, das sie in der anderen Hand gehalten hatte. »Rubbele dich damit ab. Ich hol dir saubere Klamotten aus der Waschküche. Und dann verduftest du am besten ganz schnell – du stinkst nämlich drei Meilen gegen den Wind!« Sie lachte hell auf. Einen Moment später war sie wieder verschwunden.

Während Dirk ihr langsam nachging, rubbelte er sich gehorsam Haare und Gesicht mit dem Handtuch ab.

»He!«, zischte Jan. »Was starrst du denn so blöd in der Gegend rum? Hilf uns lieber.«

»Das kann Luki machen«, gab Frank leise zurück. »Ich muss die Gelegenheit nutzen, die sich mir da gerade bietet.« Ohne zu zögern stürmte er los.

Dirk war irgendwo hinter dem Wagen verschwunden, sicherlich in Richtung der kleinen Waschküche, von der Karin gesprochen hatte. Das war für Frank die Gelegenheit, den Plan in die Tat umzusetzen, der während der letzten Sekunden in seinem Hinterkopf Gestalt angenommen hatte.

KAPITEL 7

Fünf Minuten später verfluchte Frank seinen Leichtsinn.

Er hatte sich an das Funmobil angeschlichen und die Hintertür geöffnet. In dem Moment hatte er platschende Geräusche gehört, denen ein Jammern folgte – wahrscheinlich hatte Karin Dirk mit einer neuen Ladung Wasser beglückt. Vor lauter Schreck war Frank in den dunklen Wagen gesprungen und hatte die Tür hinter sich zugezogen.

Nachdem er eine Weile gelauscht hatte, hielt er es vor lauter Unruhe nicht mehr aus und öffnete die Tür einen Spalt. Im gleichen Moment bereute er es. Zwar stand nicht Dirk vor ihm, aber das machte es nicht unbedingt besser. Bevor Frank den Arm hochreißen konnte, schlabberte ihm eine feuchte Zunge quer übers Gesicht.

»Hasso!«, keuchte Frank. »Was machst du denn …«

Weiter kam er nicht. Hasso stürzte über ihn hinweg, wobei er Frank beinahe umgerissen hätte. Im selben Moment hörte Frank das Geräusch sich rasch nähernder Schritte und die Fahrertür wurde aufgerissen …

Frank duckte sich und hielt den Atem an. Zwischen Fahrerraum und dem hinteren Bereich gab es keine richtige Trennwand und das bedeutete, er und Hasso würden jeden Moment entdeckt werden.

»Eigentlich sollte ich dir einen Satz Inlineskater verpassen und dich mit einem Seil an der Stoßstange festbinden«, sagte eine Männerstimme von der Fahrerseite her. »Du stinkst ja gotterbärmlich.«

»Ich weiß, Herby.« Die Beifahrertür hatte sich geöffnet. »Und ich schwöre dir, ich werde mich rächen. Ich werde diese ganze Schweinebande in die größte Mistgrube tunken, die es hier weit und breit gibt.«

Frank wagte kaum zu atmen und das nicht nur, weil er fürchtete, entdeckt zu werden. Kaum hatte Dirk auf der Beifahrerseite Platz genommen, stank es in dem Wagen, als habe man die letzten drei Jahre ausschließlich Schweine darin transportiert. Was im übertragenen Sinn vielleicht auch stimmte.

»Ich fahre dich erst mal nach Hause, damit du duschen kannst«, sagte Herby und startete den Motor.

»Nee«, sagte Dirk. »Auf zur Fußballwiese. Da gehen wir schon mal in Stellung und warten, bis jemand auftaucht, dem wir die Hammelbeine lang ziehen können. Ich hab mit den Typen nämlich noch eine Rechnung offen!«

Frank schwitzte während der rasanten Fahrt Blut und Wasser. Dicht an Hasso gekuschelt lag er auf dem Boden. Trotzdem konnte er nicht sicher sein, dass man ihn nicht jeden Moment entdeckte. Immerhin hatte er nun etwas Zeit, sich ein bisschen umzusehen.

Das Funmobil sah aus wie eine Disko im Kleinformat, mit Lichtorgeln, aufwändiger Innenbemalung und einer Stereoanlage vom Feinsten, die dort eingebaut war, wo sich in Wohnmobilen normalerweise eine kleine Küchenzeile befand. Aber das war noch nicht alles: In einer Vitrine gegenüber der Stereoanlage standen Pokale, denen auch die schlimmsten Kurven nichts anhaben konnten; wahrscheinlich waren sie festgeschraubt. Daneben hingen zwei Sportbogen an der Wand.

Ein Bogenschützenverein? Das stimmte Frank nicht gerade friedlicher. Auch Bogenschützen hatten auf ihrer Wiese nichts verloren. Es wurde Zeit, dass er dem ganzen Spuk ein Ende bereitete.

Im Augenblick hatte er allerdings keine Ahnung, wie. Dirks Kumpel Herby fuhr so verrückt, als würde er mit dem Funmobil an einem Trainingslauf der Formel 1 teilnehmen. In jeder Kurve wurden Frank und Hasso in eine andere Richtung gedrückt und mehr als einmal musste Frank dem Hund die Schnauze zuhalten, damit er sie nicht mit einem lauten, empörten Bellen verriet.

Der einzige Vorteil der rasanten Fahrweise war, dass weder Herby noch Dirk einen Blick nach hinten werfen konnten. Dafür wurde es Frank allmählich schlecht. Noch ein paar Kurven, dachte er verzweifelt, und er würde sich übergeben müssen. Und Hasso wahrscheinlich gleich mit, denn auch in dem Hundebauch gluckste und rumorte es verdächtig.

Als der Wagen erneut in eine scharfe Linkskurve ging, begann Franks Handy den aktuellen Popsong zu dudeln, den er als Klingelton gewählt hatte. Zu allem Überfluss rollte sich auch noch Hasso halb über ihn. Frank versuchte mit der einen Hand, Hasso von sich herunterzuschieben, und mit der anderen das munter vor sich hin spielende Handy aus der Hosentasche zu angeln.

»Was ist jetzt los?«, fragte der Fahrer Dirk. »Ist die Stereoanlage von selbst angegangen oder was?«

»Keine Ahnung, Herby«, brummte Dirk. »Aber wundern würde es mich nicht, so wie du durch die Kurven donnerst. Soll ich mal nachsehen?«

Endlich gelang es Frank, das Handy einzuschalten und an sein Ohr zu drücken. Schon hörte er Jan fragen: »Bist du dran, Frank?«

Frank nickte vollkommen überflüssigerweise und Jan fuhr fort: »Wahrscheinlich kannst du gerade nicht sprechen. Konnte ich übrigens auch nicht, nachdem der Apfelkistenstapel über uns zusammengebrochen ist und uns unter sich begraben hat. Und dann hat auch noch Guido angerufen. Kannst du dir das vorstellen? Ich hab einen stinkenden alten Apfel im Mund, eine Holzkiste drückt mir ins Gesicht und das Handy bimmelt!«

Frank gab Jan mit einem kleinen Knurrlaut zu verstehen, dass er durchaus gespannt zuhörte.

»Guido hat etwas Unglaubliches erzählt«, fuhr Jan fort. »Eberhard und Thomy hängen bei uns auf der Wiese ab und wollen da trainieren. Stell dir das mal vor – die beiden Schwachköpfe auf unserem Platz!«

Und warum macht dann der Idiot nichts dagegen?, wäre Frank beinahe herausgeplatzt. Aber angesichts seiner unangenehmen Lage quetschte er nur ein kaum hörbares »Was?« heraus.

»Er braucht unsere Hilfe«, antwortete Jan rasch. »Wir radeln jetzt hoch. Und du …«

Vom Beifahrersitz aus ertönte ein Knall. Frank fuhr zusammen, sodass im fast das Handy aus der Hand fiel und Jans Stimme wurde zu einem fast unverständlichen Murmeln.

»Hätte ich's mir doch denken können«, donnerte Dirk, als er sich mit einer wütenden Bewegung zu Frank umdrehte. »Ein blinder Passagier! Und der hässliche Köter noch obendrein.«

Bevor Frank reagieren konnte, stieß Hasso ein so tiefes und dumpfes Grollen aus, wie Frank es noch nie von ihm gehört hatte – und Dirk ein erschrockenes Quieken.

»Halt bloß den Mistköter zurück!«, kreischte er hysterisch.

Hasso ließ sich diese Beleidigung nicht gefallen. Mit einem Satz war er auf den Beinen. Sein buschiger Schwanz peitschte durch die Luft. Bevor Frank überhaupt begriff, was ablief, landeten die mächtigen Pfoten des Schäferhundes schon auf der Rückenlehne des Beifahrersitzes. Dirk quiekte erneut und Hasso fletschte die Zähne, als wollte er den Muskelprotz verschlingen, wie es der böse Wolf mit Rotkäppchen versucht hatte.

»Tu doch was!«, schrie Dirk und hämmerte auf die Schulter des Fahrers ein.

Bevor Frank sich auch nur halb aufrichten konnte, reagierte Herby schon. Statt sich umzudrehen und zu versuchen, den Schäferhund zurückzuhalten, trat er voll auf die Bremse. Der Erfolg war durchschlagend. Nur Herby und Dirk waren angeschnallt. Beide wurden in die Sicherheitsgurte gepresst. Frank dagegen hatte das Gefühl, er würde plötzlich schwerelos – und schon schoss er vor, auf Hasso zu. Der machte eine Rolle in der Luft, wobei seine Hinterbeine Frank am Kinn trafen.

Während die Bremsen des Funmobils protestierend quietschten, wurde Frank weiter nach vorne geschleudert. Er krachte voll gegen den Hundekörper und sie beide gemeinsam einen Sekundenbruchteil später gegen die Windschutzscheibe. Direkt vor Franks Augen explodierte etwas und er sah nur noch strahlendes Grün um sich, als wäre er aus dem Wagen geschleudert worden, direkt auf ein wild wucherndes Gebüsch zu …

Als Frank wieder zu sich kam, dröhnte sein Schädel, als würde darin jemand eine Kirchturmglocke läuten. Sein ganzer Körper fühlte sich zerschlagen an und in seinem Mund war ein seltsamer, pelziger Geschmack. Über sein Gesicht rann eine warme Flüssigkeit und erst nach und nach begriff er, dass jemand an ihm herumrieb.

Über ihm erkannte er ein engelsgleiches Gesicht mit langem goldblondem Haar, das sich zu ihm herabgebeugt hatte und jetzt ein Stück zurückwich. Frank blinzelte verblüfft. Das Tuch, das der Engel in der Hand hielt, war nicht rot vor Blut, sondern wies grüne Spritzer und Sprenkel auf.

»Da hattest du ja noch mal richtig Glück, Frank«, sagte Angelina. »Als dich die Jungs hier abgelegt haben, bevor sie weiter sind, dachte ich erst, es hätte dich ziemlich böse erwischt. Aber alles, was du abbekommen hast, ist ein bisschen grüne Partyfarbe. Die ist wohl hinter dem Hund hergeflogen und dann regelrecht zwischen euch explodiert, als du auf ihn geknallt bist.«

»Ich musste doch zusehen«, murmelte Frank mühsam, »dass ich schnell zum Fußballplatz komme, um zu trainieren.«

Dann flackerte es wieder vor seinen Augen und wo eben noch Angelinas Gesicht gewesen war, war nun etwas ganz, ganz anderes:

Ein Fußballplatz. Es war nicht irgendein Platz und nicht irgendein Spiel, das er da sah. Es war der Spieltag in Klarshütten. Der 1. FC Wilnshagen trat gegen den TSV Klarshütten an und Frank, Guido und Jan traten an, um in einem hervorragenden Spiel Sendler davon zu überzeugen, ihnen die Fußballwiese weiterhin zu überlassen.

Aber irgendetwas stimmte nicht. Frank hatte nur einen recht verschwommenen Blick auf das Spielfeld. Und er selbst war gar nicht unter den Spielern – er saß auf der Reservebank! Es waren nur noch wenige Minuten zu spielen und bis jetzt stand es unentschieden. Die Jungs vom TSV Klarshütten machten mächtig Druck und Franks Vereinskameraden gerieten zunehmend in Bedrängnis. Frank fieberte geradezu darauf, endlich eingewechselt zu werden. Er wusste einfach, dass er das Blatt noch wenden konnte …

Da zog ihn das Spielgeschehen in seinen Bann. Die Nummer sieben im roten Trikot der Klarshüttener umdribbelte den Abwehrspieler, der sich ihm in den Weg gestellt hatte, und gab zur Nummer fünf ab. Das Spielfeld flimmerte einen Moment vor Franks Augen, als wäre es gar nicht real. Das Gesicht eines wunderschönen Mädchens glitt in sein Blickfeld und Frank blinzelte gleichermaßen verwirrt wie verärgert. Er durfte sich jetzt durch nichts ablenken lassen. Es ging nicht nur darum, die Klarshüttener in ihre Schranken zu verweisen, sondern vor allem um ihre Fußballwiese. Als er wieder klarer sehen konnte, war Guido am Ball. Er passte rüber zu Jan, der wollte abgeben … ja, an wen? Natürlich an Frank. Aber er war ja nicht auf dem Spielfeld. Mühsam stemmte sich Frank von der Ersatzbank hoch. Er musste eingreifen, sofort. Der Gedanke beflügelte ihn, ließ ihn vergessen, dass ihm eben noch jeder Knochen im Körper wehgetan hatte. Mit weit ausholenden Schritten jagte er auf das Spielfeld zu.

Als er näher kam, verlangsamte sich das Geschehen auf dem Spielfeld, als würde es in Zeitlupe ablaufen. Der von

Guido geschossene Ball schwebte knapp über dem Grün auf die Seitenlinie zu. Wenn er hinausflog, würden sie eine hervorragende Torchance verpasst haben. Das konnte und wollte Frank nicht zulassen. Dann war er heran. Seine Füße schienen kaum den Rasen zu berühren, er hatte das Gefühl, als schwebe er über dem Spielfeld. Guidos Gesicht, das sich ihm jetzt zuwandte, verzerrte sich vor Überraschung – und einer Art Entsetzen, das Frank maßlos erschrocken hätte, wenn er sich auch nur einen Sekundenbruchteil von dem runden Leder hätte ablenken lassen, das auf ihn zudonnerte.

Frank wusste, dass er nur diese eine Chance bekommen würde, um den Führungstreffer zu erzielen. Das gegnerische Tor war so weit entfernt, dass er es auf einen Distanzschuss ankommen lassen musste. Ein roter Verteidigungsspieler stand so zwischen ihm und dem Tor, dass er noch nicht einmal den Torhüter sehen konnte. Trotzdem …

Er nahm den Ball mit dem linken Fuß an. Es war wie bei dem berühmten Pokalfinale Mönchengladbach gegen den 1. FC Köln, als Günter Netzer sich in der Verlängerung selbst eingewechselt und mit einem kraftvollen Distanzschuss den Siegtreffer erzielt hatte. Es *musste* so sein. Wenn er es nicht schaffte, war alles verloren …

Plötzlich war wieder alles in normaler Geschwindigkeit. Die Rufe der Zuschauer schlugen über Frank zusammen wie eine Meereswoge. Der Rote, der eben noch tatenlos zwischen ihm und dem Tor gestanden hatte, hetzte auf ihn zu. Frank wechselte den Ball von links auf rechts. Seine Beine taten das, was er wollte, aber er spürte sie nicht, und als er an sich herabsah, konnte er *durch sie hindurch den Rasen sehen!*

Eine wertvolle Sekunde verharrte er schreckerstarrt. Irgendetwas stimmte hier nicht. Das Spiel wirkte vollkommen real. Aber er selbst war es nicht, auf eine vollkommen unerklärliche Weise.

Dann war der Rote heran. Guido brüllte etwas zu ihm herüber. Frank peilte das Tor an. Alles in ihm spannte sich. Er war nicht mehr Frank Gabelin, er war Günter Netzer, er spielte nicht gegen den TSV Klarshütten, sondern gegen den 1. FC Köln. Sein Körper, ob durchsichtig oder nicht, reagierte automatisch. Seine Fußspitze traf den Ball …

Die Wilnshagener Fans jubelten, als der Ball genau in die richtige Richtung abschoss, haarscharf an der Schulter des roten Abwehrspielers vorbei. Frank war Günter Netzer und der Ball unhaltbar, der Siegtreffer so gut wie erzielt. Doch ausgerechnet in diesem Moment packte jemand Franks Schultern und schüttelte ihn. Alles um ihn herum verschwamm in einem Wirbel aus Grün und Rot und goldgelbem Haar …

KAPITEL 8

»Komm endlich zu dir!« Die Stimme hatte etwas Flehendes.

Franks Augenlider flatterten, aber sosehr er sich auch bemühte, das Bild des Fußballspiels festzuhalten: Es zerrann unaufhaltsam.

Angelinas Stimme drängte wieder. »Du kannst doch hier nicht einfach schlappmachen.«

Frank riss mit einem Ruck die Augen auf. Blendende Helligkeit schlug ihm entgegen. Nur ganz undeutlich sah er erneut Angelinas engelsgleiches Gesicht vor sich. Das Verrückte daran aber war, das es zu schweben schien, als würde es keinen dazugehörigen Körper geben. Im gleichen Maß jedoch, wie die Geräusche des Fußballspiels und das Johlen der Zuschauer verebbte, verlor auch das Gesicht seinen überirdischen Glanz. Frank erkannte den Hals, die Schultern und den Oberkörper.

»Wie geht es dir?«, fragte Angelina sanft.

Frank versuchte zu lächeln, aber er merkte selbst, dass es ihm kläglich misslang. »Ich weiß nicht«, gab er aufrichtig zu.

»Es ist wohl besser, wir bringen dich ins Krankenhaus.« Angelina strich sich eine Strähne ihres goldschimmernden

Haars aus dem Gesicht. »Du machst aber auch Sachen. Warum schleichst du dich auch in anderer Leute Wagen?«

»Weiß nicht«, murmelte Frank. Er versuchte das Bild zurückzuzwingen, das er gerade noch vor sich gesehen hatte. Er hatte geschossen. Es war ein guter, nein, ein hervorragender Schuss gewesen, genau an der Schulter des Klarshüttener Abwehrspielers vorbei. Aber dann? Hatte er das Tor nun getroffen oder nicht? Hatte der gegnerische Torwart den Ball im allerletzten Augenblick halten können oder war Frank kurz vor dem Schlusspfiff tatsächlich der Führungstreffer gelungen?

»Hey, hier bin ich«, sagte Angelina. »Was starrst du denn immer an mir vorbei?«

Frank blinzelte erneut. Er lag auf einer Waldlichtung direkt neben dem Weg, den Herby hochgefahren war – und ganz in der Nähe ihrer Wiese, wie ihm erst in diesem Moment bewusst wurde.

»Ich muss zu unserer Fußballwiese«, murmelte er. »Sofort. Wir müssen mit dem Training anfangen. Den Klarshüttenern werden wir's zeigen!«

»Träum weiter«, sagte Angelina mit leisem Spott in der Stimme. »So, wie du aussiehst, wirst du wohl kaum am Samstag in Klarshütten antreten können – und eure Wiese ist futsch.«

»Ist sie nicht«, nuschelte Frank. »Ich werd mich einfach selbst einwechseln und es mit einem Direktschuss versuchen.«

»Mit einem Direktschuss?« Angelina schüttelte den Kopf, dass ihr blondes Engelshaar flog. »Du redest eindeutig Blödsinn. Das Beste wird sein, wir bringen dich sofort zum Arzt. Du musst untersucht werden.« Sie tippte sich bezeichnend an die Stirn. »Ich glaube, bei dir ist da oben irgendetwas durcheinander geraten.«

Angelina ließ es sich nicht nehmen, Frank beim Aufstehen zu helfen und ihn zu stützen, während er auf dem unebenen Boden des Pfades loshumpelte. Die Nähe des hübschen Mädchens machte Frank völlig konfus. Ihre Haare kitzelten ihn am Kinn und ihre kühle Hand, die sich in die seine geschoben hatte, zitterte leicht. Wäre da nicht das Fußballspiel am nächsten Samstag gewesen und sein brennender Wunsch, bis dahin wieder fit zu sein: Er hätte in diesem Moment wahrscheinlich an alles andere gedacht, nur nicht an Fußball.

»Was ist mit Hasso?«, fragte er nach ein paar Schritten.

»Dem geht's gut, keine Sorge.« Angelina sah kurz zu ihm auf. »Dirk hat ihn im Auto eingeschlossen.«

»Dirk?«, fragte Frank überrascht. »Du kennst den Idioten?«

Angelina lachte glockenhell auf. »Wer kennt ihn nicht? Viele Muskeln und ein kleines Hirn – so was macht auf uns Mädchen mächtig Eindruck, weißt du?«

Gegen seinen Willen musste Frank lachen. Es klang zwar mehr wie das Prusten eines Walrosses und verursachte ein scharfes Stechen in seiner Seite, aber immerhin.

»Dieser Hasso ist ein ... ungewöhnlicher Hund«, sagte Angelina. »Dirk hat erzählt, dass er kräftig beim Fußballspielen mitgemischt hat.«

»Ja«, sagte Frank ernsthaft. »Und Dirk war der Fußball.«

Jetzt war es Angelina, die lachte. »Ja, das kann ich mir gut vorstellen. Dirk macht sich vor Angst fast in die Hosen, wenn ein großer Hund auf ihn zukommt.«

Sie humpelten eine Weile eng aneinander geschlungen wie ein Liebespaar, ohne ein einziges Wort zu wechseln. Erst als die Baumreihen lichter zu werden begannen, fragte Frank: »Wie gut kennst du diesen Dirk eigentlich wirklich?«

»Warum willst du das wissen?«, fragte Angelina.

Frank zuckte hilflos mit den Schultern. »Weiß nicht.«

Angelina löste sich schlagartig aus Franks Umarmung. »Sag doch gleich, dass du denkst, Dirk gehört zu den Leuten, die euch die Wiese wegnehmen wollen. Das glaubst du doch, oder?«

Frank drehte den Kopf in Angelinas Richtung und lächelte hilflos. »Ja, schon irgendwie.«

»Du warst doch in ihrem Auto. Das ist so eine Art fahrendes Klubhaus.« Angelina ging jetzt schneller und Frank musste sich anstrengen mitzuhalten. »Dirk und seine Freunde sind Bogenschützen. Und vielleicht stimmt es ja sogar, was du vermutest: dass sie Sendler eine stolze Pachtsumme geboten haben, um eure Wiese zu bekommen.«

»Hast du das zusammen mit Guido rausbekommen?«, fragte Frank, und als Angelina daraufhin den Kopf schüttelte: »Wo ist Guido eigentlich? Ihr wolltet doch beide den Vermessungstrupp im Auge behalten, oder?«

»Die Typen sind längst abgezogen.« Angelina blieb stehen und drehte sich zu ihm um. Ein einzelner Lichtstrahl brach durch die lichter gewordenen Bäume und fiel auf etwas Glitzerndes, das an ihrer Jacke angesteckt war. Frank hatte es schon irgendwann zuvor gesehen, sich aber niemals Gedanken darüber gemacht. Jetzt erkannte er, das es nichts anderes war als ein kleiner silberner Bogen. Die kleine Ausgabe des silbernen Sportbogens im Funmobil!

»Was ist?«, fragte Angelina besorgt. »Du bist ja mit einem Mal so käsig.«

»Ni... ni... nichts«, stotterte Frank. »Ich wundere mich n... n... nur, weil ...«

Angelinas Blick war mittlerweile dem seinen gefolgt. »Ach so«, sagte sie leichthin. »Du meinst den kleinen Pin, den mir Dirk mal geschenkt hat.« Sie lächelte leicht. »Der Typ ist mir ’ne ganze Zeit lang nachgelaufen, weißt du?«

Frank nickte benommen. Er hätte es sich ja denken können. Dirk war zwar ein paar Jahre älter als Angelina, aber das war für Jungs noch nie ein Hinderungsgrund gewesen, einem Mädchen nachzusteigen.

»Und jetzt komm weiter«, sagte Angelina. »Du kannst dich auf der Bank am Feldweg ausruhen, während ich einen Arzt rufe.«

»So ein Quatsch.« Frank setzte sich wieder in Bewegung, wenn auch noch etwas unsicher. In ihm war alles in Aufruhr. Zum einen flackerten immer noch einzelne Szenen des Fußballspiels vor seinen Augen, dem er mit seinem Direktschuss die entscheidende Wende hatte geben wollen. Zum anderen war da Angelina. Er fühlte sich zwar nach wie vor stark zu ihr hingezogen, aber da war auch irgendetwas, das ihn vor ihr warnte. Er wusste bloß nicht, warum.

Und dann, von einem Moment auf den anderen, fiel ihm wieder ein, was ihn die ganze Zeit über noch beunruhigt hatte. Es hatte nichts mit Angelina zu tun, sondern mit Jans merkwürdigem Anruf. Er hatte doch behauptet, Eberhard und Thomy seien auf der Fußballwiese. Wenn das stimmte, konnten die was erleben!

So schnell er konnte, humpelte Frank los.

»He!«, rief Angelina. »Du läufst doch in die verkehrte Richtung. Wir müssen links runter.«

Frank verzichtete auf eine Antwort. Angelina hatte natürlich Recht. Wenn sie zu der Bank wollten, mussten sie tatsächlich die andere Richtung nehmen. Aber er wollte nicht dorthin. Er wollte zur Fußballwiese.

Er folgte dem Weg um die letzte Kurve, die ihm die freie Sicht versperrte. Schon hörte er das typische Geräusch, mit dem ein kraftvoll getretener Ball über die Wiese saust. Dann ein Klatschen, als das runde Leder gegen den Pfosten eines ihrer Metalltore donnerte. Und Eberhards Stimme, die irgendetwas quer über den Platz brüllte.

Frank stürmte los. Sein Knie schmerzte bei jedem Schritt, doch er achtete nicht darauf. In ihm explodierte eine unglaubliche Wut. Er würde es diesen Idioten zeigen. Sich zu erdreisten, einfach auf ihrer Wiese zu trainieren …

Der empörte Aufschrei, mit dem er auf den Platz stürmen wollte, erstarb ihm auf den Lippen, als die Wiese in sein Blickfeld kam. Es waren tatsächlich Eberhard und Thomy, die sich hinter ihrem Rücken auf ihrem Spielfeld austobten. Aber sie waren nicht alleine.

Weit hinter dem Klubhaus hatte jemand eine große Bogenscheibe aufgestellt. In der Nähe des Klubhauses standen mehrere Bogenschützen, unter ihnen Dirk und Herby. Einer von ihnen hatte gerade den Bogen gespannt und ließ den Pfeil jetzt von der Sehne schnellen. Er pfiff durch die Luft und traf die Scheibe nicht weit entfernt von ihrem Mittelpunkt.

Frank hatte das Gefühl, als würde ihn selbst dieser Schuss treffen, so entsetzt war er über das, was er vor sich sah.

KAPITEL 9

»Warte doch!«, rief ihm Angelina nach. Aber er hätte sowieso keinen Schritt weiter gehen können. Der Anblick, der sich ihm bot, war viel zu erschreckend.

»Was ist denn hier passiert?« Er starrte zwischen Eberhard, Thomy und den Bogenschützen hin und her und schüttelte verzweifelt den Kopf. »Das kann doch alles nur ein böser Traum sein.«

Da hatte Angelina ihn erreicht. »Es ist nicht das, wonach es aussieht«, sagte sie rasch. »Die Typen vom Bogenschützenverein haben hier nur mal provisorisch ihre Scheibe aufgebaut. Die sind gleich wieder verschwunden, wenn ihr trainieren wollt.«

Frank hörte überhaupt nicht hin. Sein Blick fraß sich an Eberhard fest. Bis jetzt war weder der grobschlächtige Kerl noch sein blöder Kumpel Thomy auf ihn aufmerksam geworden. Die beiden übten in schönster Selbstverständlichkeit Elfmeterschießen. Thomy, der im Tor stand, spielte den Ball gerade zu Eberhard zurück. Dieser platzierte ihn vor sich, lief ein Stück zurück, konzentrierte sich, nahm Anlauf …

»Hallo Blödmann!«, rief ihm Frank in diesem Augenblick zu.

Eberhard geriet ins Stolpern, drehte den Kopf zu Frank und schoss. Der Ball sauste auf den vollkommen verblüfften Thomy zu, der ebenfalls zu ihm herüberstarrte. Das war gar nicht gut für ihn. Der Ball traf Thomy genau am Kinn wie ein perfekter Boxschlag. Eberhards bester Freund stieß einen Schrei aus, wirbelte wild mit den Armen durch die Luft und setzte sich dann hart auf den Hosenboden.

»Hoppla, Thomy!«, rief Frank. »Du hättest hinfallen können.«

»Was machst du Idiot denn hier?«, fragte Eberhard böse und drehte sich vollends zu ihm um. »Und wie siehst du überhaupt aus?« Die Wut verschwand aus seinem Gesicht und machte einem abfälligen Grinsen Platz. »Grüne Haare und bleiches Gesicht. Macht ihr Coolen Kicker jetzt auf Zombies oder was?«

»Das geht dich überhaupt nichts an.« Frank humpelte ein Stück näher. »Und du solltest lieber daran denken, dass das hier immer noch unsere Wiese ist. Es wäre besser, du würdest sofort verschwinden und dich hier nie wieder blicken lassen.«

Thomy hatte sich halbwegs aufgerappelt und deutete nun prustend auf Frank. »Jetzt erkennt man endlich, was du wirklich bist: ein kleines grünes Marsmännchen! Flieg doch dahin zurück, wo du hergekommen bist!«

Eberhard fiel in sein Lachen ein und auch ein paar der Bogenschützen kicherten. Frank wäre vor Scham am liebsten im Boden versunken.

»Da hörst du es«, sagte Eberhard schließlich selbstgefällig. »Du bist nur noch eine Witzfigur. Zisch ab und das so schnell wie möglich. Die Wiese gehört euch sowieso längst nicht mehr.«

Franks Scham schlug unvermittelt in Wut um. »Ha, ha, ha! Ich kann ja Bauer Sendler anrufen. Mal sehen, was der dazu meint.«

»Du kannst auch herkommen und es wie ein Mann austragen«, rief Eberhard. »Was meinst du dazu, he?«

»Na klar«, höhnte Frank und deutete erst auf Eberhard und dann auf Thomy. »Zwei gegen einen. Ist das deine Vorstellung von sportlicher Fairness?«

»Ich verspreche dir, dass niemand sonst eingreift«, sagte Eberhard. »Nur du und ich. Wie wär's?«

Frank schwieg. Sein Blick wanderte zu den Bogenschützen. Sie alle hatten ihre Bogen sinken lassen und starrten zu ihnen herüber, drei junge Männer und zwei junge Frauen, teilweise kaum älter als er selbst. Wie sie dort mit ihren altertümlichen Waffen standen, sahen sie aus wie eine mittelalterliche Söldnertruppe, die nur auf den Befehl zum Eingreifen wartete. Frank beschlich ein unangenehmes Gefühl.

»Von mir aus«, willigte er dennoch ein.

Eberhard starrte ihn an, als habe Frank den Verstand verloren. Dann verzog sich sein Gesicht zu einem überheblichen Grinsen. »Ich stampfe dich in den Boden«, kündigte er an.

Frank nickte. »Vielleicht. Vielleicht auch nicht.«

Eberhard hob die Fäuste, als wolle er sich gleich auf Frank stürzen. »Worauf warten wir noch?«

»Hey, langsam.« Angelina machte einen Schritt an Frank vorbei und hob die Hände. »So geht das nicht.«

Natürlich, dachte Frank. Angelina würde nicht zulassen, dass er und Eberhard sich eine wilde Schlägerei lieferten. Mädchen ließen so etwas nie zu. Und außerdem wusste Angelina ja, wie angeschlagen er war. Sie würde verhindern, dass ihn Eberhard mit seinen groben Fäusten verdrosch.

Eberhard kniff die Augen zusammen. »Was geht so nicht?«

»Ihr könnt doch nicht einfach aufeinander losgehen«, sagte Angelina.

Frank nickte beifällig.

»Jedenfalls nicht, bevor ihr nicht festgelegt habt, worum es überhaupt geht.«

Eberhards Unterkiefer sackte vor Überraschung herunter und Frank spürte, wie seine Beine weich wie Wackelpudding wurden. Das durfte doch nicht wahr sein!

»Also, ihr Helden«, fuhr Angelina ungerührt fort. »Was wollt ihr als Siegesprämie festlegen? Dass dem Sieger künftig diese Wiese gehört und der andere sie nie mehr betreten darf?«

Frank schluckte ein Mal, dann noch ein Mal und schließlich ein drittes Mal. »Das ist nicht so ganz in meinem Sinne«, krächzte er schließlich.

In Eberhards Augen war währenddessen ein triumphierendes Funkeln getreten. »Aber in meinem«, verkündete er frech.

»Na denn«, sagte Angelina. »Wenn du zumindest halb einverstanden bist, Frank, und du, Eberhard, es sowieso gut findest: Dann sollten wir es so machen!«

Frank warf einen hilfesuchenden Blick zu den Bogenschützen hinüber. Doch von dort hatte er keine Hilfe zu erwarten, das war ihm klar. Dirk steckte in einem viel zu kleinen Trainingsanzug, den er mit seinen mächtigen Muskeln fast sprengte. Das schien seine Laune nicht gerade zu verbessern. Er starrte ihn aus seinen kleinen Schweinsäuglein tückisch an und die anderen rührten sich überhaupt nicht.

»Ich finde das überhaupt keine gute Idee«, sagte Frank schließlich.

Angelina trat einen Schritt vor. Sie hob erneut die Hände. So, wie sie jetzt dastand, mit ihrem engelsblonden Haar und den theatralisch erhobenen Armen, sah sie aus wie eine Hohepriesterin, die ein Beschwörungsritual einleiten wollte.

»So sei es. Du, Eberhard, und du, Frank: Ihr beide werdet um diesen Platz kämpfen. Der Verlierer soll für immer von hier verbannt sein, der Sieger dagegen auf Lebenszeit das Platzrecht erhalten.«

»Aber Sendler …«, begann Frank.

»Pssst«, machte Angelina und drehte sich ärgerlich zu

ihm um. »Lenk nicht mit Kleinigkeiten ab. Du hast jetzt die Chance, die Angelegenheit ein für alle Mal zu regeln. Willst du etwa diese Chance ungenutzt verstreichen lassen?«

»Nee«, sagte Frank. »Ich will nur aus diesem Albtraum aufwachen.«

Niemand lachte. Die Bogeschützen starrten weiter schweigend zu ihm herüber und Angelina verharrte in ihrer übertriebenen Pose. Eberhard dagegen grinste sein dreckiges Grinsen, während sich Thomy nervös übers Haar strich.

»Samstag ist Samstag«, sagte Angelina. »Und jetzt ist jetzt. Also bringt es hinter euch, Jungs, und legt mal lieber gleich los.«

Eberhard ballte die Fäuste und in seinen Augen glomm plötzlich ein ganz neuer, gefährlicher Funke.

»He, halt!«, rief Frank. »Nicht so schnell.« Seine Gedanken überschlugen sich. Jan hatte vorhin gesagt, dass er und die anderen hier zur Wiese hoch radeln wollten. Er musste Zeit gewinnen.

»Ich hoffe, du hast dein Testament gemacht, du grüngelocktes Jüngelchen«, höhnte Eberhard und kam mit zwei, drei tänzelnden Schritten näher, die er sich wahrscheinlich von irgendeinem Boxer abgeschaut hatte.

»Ja, genau!« Frank ergriff die Chance. »Ich hab tatsächlich noch kein Testament gemacht. Hat jemand einen Zettel dabei?«

»Ja«, sagte jemand vom Klubhaus her, die Tür schwang auf und Guido trat heraus. »Ich hab nicht nur einen Zettel. Ich hab auch einen Stift.«

Frank wurde vor Erleichterung ganz schlecht, sodass er fast getaumelt und gestürzt wäre.

KAPITEL 10

Guido kam langsam näher. Er wirkte vollkommen unbekümmert und hatte es sogar geschafft, den Hauch eines siegessicheren Lächelns auf seine Züge zu zaubern.

»Nachdem der Vermessungstrupp abgezogen ist, bin ich nicht nach Hause gefahren, wie du vielleicht geglaubt hast«, sagte er zu der vollkommen verblüfften Angelina. »Ich hab mich lieber in unser Klubhaus zurückgezogen.«

»Aber … natürlich.« Angelina lächelte verkrampft. »Warum auch nicht?« Sie schüttelte leicht den Kopf, als müsse sie ihre Gedanken ordnen. »Dann hast du ja wohl mitbekommen, worum es geht.«

»Na klar«, sagte Guido in bewunderungswürdig lockerem Tonfall. »Frank wollte gerade sein Testament machen.«

»Ja … nein …« Angelina blinzelte nervös und schob dann mit einer energischen Handbewegung ihr Goldhaar zurück, das ihr in die Stirn gefallen war. »Schön, dass du da bist. Ohne dich wäre ja die Sache nur halb so lustig.«

Franks Blick irrte zwischen Angelina und Guido hin und her. Wenn er ehrlich war, musste er zugeben, dass er kein Wort verstand.

»Du hast mir doch versprochen, dass du uns hilfst, unsere Wiese zu behalten«, bemerkte Guido.

»Ja, ja, natürlich«, sagte Angelina sichtlich nervös. »Ihr braucht doch eine vernünftige Trainingsmöglichkeit. Ob hier oder woanders – ich helfe euch natürlich dabei.«

Guidos Gesicht gefror zu einer Maske. Frank kannte seinen bisherigen Freund gut genug, um zu wissen, dass ihn das schwer getroffen hatte. In diesem Moment passierte etwas Entscheidendes: Wie er Guido so stehen sah, gleichermaßen beherrscht wie schwer getroffen wirkend und vor allem vollkommen allein, da spürte er wieder das altvertraute Gefühl, das ihn sicher sein ließ: Guido war sein bester Freund und würde es immer bleiben.

Angelina, die jetzt zwischen ihnen stand und in der letzten Zeit so oft zwischen ihrer Freundschaft gestanden hatte, schien ebenfalls zu spüren, was in ihnen vorging. Sie drehte sich erst zu Frank und lächelte ihm fast scheu zu, dann wandte sie sich wieder an Guido: »Manchmal laufen die Dinge im Leben nicht so, wie man sie sich vorstellt.«

Guido nickte langsam. »Das sehe ich auch so.« Ohne hinzusehen deutete er auf die Bogenschützen, die dem Gespräch weiterhin schweigend folgten, auch wenn Dirk aussah, als würde er jeden Moment den zu engen Trainingsanzug zum Platzen bringen, so spannten sich seine Muskeln vor lauter Wut. »Nachdem der Vermessungstrupp weg war und wir uns getrennt hatten, bin ich noch mal zurückgegangen, um etwas aus der Hütte zu holen. Und dann …«

»Hast du etwas gesehen, was du nicht sehen solltest«, sagte Angelina. »Hör mal, Guido, es tut mir Leid …«

»Was tut dir Leid?«, unterbrach sie Guido scharf. »Dass du versucht hast, mich gegen meinen besten Freund aufzuhetzen? Dass du hinter meinem Rücken die Bogenschützen auf die Wiese gelassen hast? Dass du sogar nicht davor zurückgeschreckt bist, dich mit unseren Todfeinden zu verbünden?«

Angelina biss sich auf die Unterlippe. Sie schien etwas sagen zu wollen, aber Eberhard kam ihr zuvor. »Du solltest den beiden Idioten sagen, was wir für eine Vereinbarung haben.«

Angelina schüttelte fast erschrocken den Kopf. »Nein. Das gehört nicht hierher.«

»Was gehört nicht hierher?«, fragte Guido.

Franks Verwirrung verwandelte sich in Entsetzen. Er sah sich mit Jan durch den Wald gehen und dann wie ein Geisteskranker loshetzen, nachdem er Eberhards Handy gehört hatte. Er war damals sicher gewesen, dass Eberhard mit Guido gesprochen hatte und dass Guido ihn in diesem Gespräch verraten hatte. Aber war das wirklich so gewesen? Oder sollten er und Guido nur gegeneinander aufgehetzt werden und das alles war ein abgekartetes Spiel?

»Ach, weißt du, Oberpfeife ...« Eberhard drehte sich zu Guido um und hakte die Daumen in seiner Sporthose ein, was wohl lässig wirken sollte, aber nur bescheuert aussah. »Deine liebreizende Angelina hat mir einen kleinen Tipp gegeben, wie ich dich und Frank drankriegen kann. Thomy hat sich im Wald versteckt und mir ein Zeichen gegeben, als Frank und Jan nah genug heran waren. Und dann habe ich so getan, als ob ich mit dir telefoniere. Na, den Rest kannst du dir ja denken.«

Guido, eben schon unnatürlich blass, verlor schlagartig seine restliche Farbe. »Nein. Angelina, das kann echt nicht wahr sein.«

Angelina trat einen Schritt zurück und hob abwehrend die Hände. »Ich wollte es ja gar nicht. Ich dachte nur ...«

»Ausgerechnet Eberhard hast du eingespannt, um Frank und mich auseinander zu bringen?«, fauchte Guido.

In Frank tobten die widersprüchlichsten Gefühle. Am liebsten hätte er sich auf Eberhard gestürzt und so lange die Fäuste in sein Gesicht gepfeffert, bis ihm sein selbstgefälliges Lächeln verging. Gleichzeitig fühlte er sich unendlich beschämt, weil er auf so einen billigen Trick hereingefallen war und Guido beinahe die Freundschaft gekündigt hätte. Und da war noch etwas, etwas, das ziemlich wehtat: Die Gewissheit, dass Angelina nur ein billiges Spiel mit ihm gespielt hatte und niemals wirklich an ihm interessiert gewesen war.

»Na komm schon.« Eberhard riss die Fäuste hoch und begegnete Franks flackerndem Blick mit einem breiten, überheblichen Grinsen. »Bringen wir es hinter uns, grüner Wichtelmann. Wenn ich gewinne, haut ihr ab und lasst euch hier nie wieder blicken. Und falls du gewinnst, lassen wir euch künftig in Ruhe.«

»Okay«, sagte Frank voller Wut und humpelte los. Er wusste, dass es Wahnsinn war, sich auf eine Schlägerei mit

Eberhard einzulassen. Aber sein Herz hämmerte mit harten Schlägen bis in den Hals und drängte ihn vorwärts, um diesem Großmaul zu zeigen, was ein *grüner Wichtelmann* so alles draufhatte. Eberhard sollte merken, dass er sich mit dem Falschen angelegt hatte!

»Ja!« Das war Guido. Er sprang vor, jagte an Angelina vorbei und war bei Frank, kurz bevor dieser Eberhard erreicht hatte. Mit einer entschlossenen Handbewegung packte er Franks Arm und drückte ihn nach unten. »Ihr könnt euren Kampf haben! Aber nicht, indem ihr euch gegenseitig die Zähne ausschlagt.«

»Geh aus dem Weg, du Hasenfuß«, drohte Eberhard. »Sonst fängst du dir auch ein paar ein.«

Guido fuhr herum und einen Moment sah es so aus, als wolle plötzlich er sich an Franks Stelle auf Eberhard stürzen. Doch die Vernunft in ihm behielt die Oberhand. »Keine Schlägerei. Wir sind Fußballer. Und wir sollten die Sache auch wie Fußballer angehen.«

Eberhard starrte ihn groß an. »Was soll denn das heißen?«

»Wir könnten das in einem fairen Fußballmatch austragen«, schlug Guido vor.

»Quatsch«, brummte Eberhard. »Das dauert doch viel zu lange.«

»Nicht unbedingt«, meinte Guido. »Ich denke da nämlich im Prinzip an etwas ganz Einfaches. An ein Elfmeterschießen.«

»Das klingt doch gut!«, erscholl es vom Feldweg her.

Sie alle drehten sich überrascht um. Es war Luki, der das gerufen hatte. Er hatte sich vornübergebeugt, um das Letzte aus seinem Rad herauszuholen, und bog jetzt gerade auf den Weg ein, der zum Klubhaus führte.

Und er war nicht allein. Hinter ihm erschien Karin, mit Jacki auf dem Gepäckträger, dann folgte Jan. Frank hätte vor Überraschung beinahe laut aufgeschrien, als er erkannte, von wem Jan gerade überholt wurde. Es war ein grün gesprenkelter Hund, der mit langgestreckten Sprüngen auf sie zuhetzte und dabei ein wildes, freudiges Kläffen hören ließ. Frank hatte zwar keine Ahnung, wie es dem Schäferhund gelungen war, sich aus dem Funmobil der Bogenschützen zu befreien, aber das war ja jetzt eigentlich egal. Die Hauptsache war, dass Hasso bis auf ein paar Farbspritzer gesund und munter wirkte – und Eberhard angesichts des heranhetzenden Schäferhunds ganz schnell die immer noch kampfbereit erhobenen Fäuste sinken ließ.

Kaum waren Guidos und Franks Freunde eingetroffen, brach ein wahrer Tumult los. Die Bogenschützen lösten sich von ihren Plätzen und eilten zum Spielfeld. Alle redeten und schimpften durcheinander, Fäuste wurden drohend geschwenkt und wenig schmeichelhafte Bezeichnungen wie »Balltrottel« und »Bogenschnepfe« wechselten den Besitzer. Die Atmosphäre lud sich zusehends auf und Frank befürchtete, dass es zu einer regelrechten Massenschlägerei kommen würde. Doch dann verschaffte sich Guido wild mit den Armen rudernd Gehör.

»Ich habe einen Vorschlag!«, brüllte er über die anderen hinweg.

Dirk, der gerade Jan am Kragen gepackt und an sich gezogen hatte, hielt mitten in der Bewegung inne und drehte sich zu ihm um. »Ach ja«, höhnte er. »Und was sollte das sein?«

Guido wedelte beschwichtigend mit den Armen. »Wir alle sind doch Sportler. Deshalb sollten wir die ganze Sache sportlich austragen.«

»So weit waren wir schon«, maulte Eberhard. »Ich wollte ja boxen, aber Frank hat gekniffen.«

»Hab ich nicht«, protestierte Frank. »Wir haben doch ausgemacht, dass wir stattdessen Elfmeterschießen.«

»Genau«, sagte Guido, offensichtlich ganz glücklich, dass ihm Frank das richtige Stichwort gegeben hatte. »Und das können wir immer noch.«

»Elfmeterschießen auf eine unserer Bogenscheiben, was?« Dirk schüttelte trotzig den Kopf. »Das ist doch vollkommener Blödsinn.«

»Vielleicht nicht«, wandte Guido ein. »Wie wäre es, wenn wir ein Elfmeterschießen veranstalten würden – *und* einen Bogenwettkampf?«

Dirk blieb angesichts dieses Vorschlags der Mund offen stehen und Herby, der eindeutig der Älteste auf dem Platz war, kratzte sich am Kopf, als überlege er angestrengt. Dann sahen sich die beiden an und schließlich nickten sie.

»Das können wir machen«, sagte Dirk. »Aber ich warne euch: Bogenschießen ist alles andere als einfach!«

»Ach was«, winkte Guido ab. »Das kriegen wir schon hin. Was wir brauchen, ist nur ein bisschen Zeit, um zu trainieren.«

»Und worum soll es gehen?«, fragte Thomy, der offensichtlich mal wieder gar nichts kapiert hatte.

»Das ist doch ganz einfach«, sagte Guido. »Es geht um die Fußballwiese. Wer gewinnt, kriegt die Wiese. Die anderen müssen verduften.«

»Ich verdufte aber nicht.« Thomy verschränkte die Arme vor der Brust und setzte einen trotzigen Gesichtsausdruck auf. »Ich bleib hier, egal was passiert.«

Dass ihn niemand beachtete und sich nun auch Frank von ihm abwandte, der gerade noch mit ihm gestritten hatte, ließ ihn schließlich wie ein bockendes Kleinkind mit dem Fuß aufstampfen.

»Wir kriegen die Wiese doch sowieso«, sagte Dirk. »Wir sind uns mit Sendler schon so gut wie handelseinig.«

»Wenn du dich da nicht täuschst«, sagte Karin scharf. »Wenn ich meinem Vater stecke, was für ein mieses Spiel ihr hier abgezogen habt, wird er sich die Sache sicher noch mal überlegen.«

Dirk grinste schmutzig. »Es geht um eine ganze Menge Geld, Kleines. Und Geschäft ist Geschäft …«

»Und Fairness ist Fairness«, fauchte Karin. Sie stemmte die Hände in die Hüften und funkelte Dirk wütend an.

»Pass nur auf, sonst schütte ich dir wieder eine Ladung kaltes Wasser ins Gesicht. Und danach bekommst du keinen Trainingsanzug, der dir nur zwei Nummern zu klein ist – dann musst du Lukis Fußballdress anziehen!«

Nicht nur die Coolen Kicker und ihre Freunde, auch die Bogenschützen, Eberhard und Thomy prusteten los. Dirks Gesicht dagegen entgleiste fast vor Wut. Seine riesigen Fäuste öffneten und schlossen sich krampfhaft.

»Ich finde das eigentlich ganz gut«, meldete sich schließlich Angelina zu Wort. Sie lächelte fast schüchtern und das schlechte Gewissen stand ihr ins Gesicht geschrieben. Ganz zu Recht, wie Frank fand. »Wir sollten das unter uns regeln. Das hätten wir eigentlich schon viel früher tun sollen, statt … statt …«

»Statt Guido und mich gegeneinander aufzuhetzen, damit wir am Samstag beim Fußballspiel versagen«, half ihr Frank.

»Äh, ja …«, machte Angelina hilflos, während Dirk polterte: »Also, von mir aus. Machen wir's unter uns aus.«

»Abgemacht!« Frank deutete auf Eberhard und Thomy. »Aber ohne die beiden. Die haben schließlich überhaupt nichts mit der Sache zu tun.«

»Das sehe ich aber anders«, begehrte Eberhard auf und zu Franks Überraschung nickte Dirk daraufhin heftig.

»Da kann ich Eberhard nur Recht geben«, donnerte der Muskelprotz. »Eberhard und Thomy gehören zu uns. Sie haben uns geholfen. Und wir haben eine Vereinbarung mit ihnen.«

»Ihr vielleicht«, widersprach Guido. »Aber wir nicht.«

»Also, was willst du eigentlich.« Angelina trat einen Schritt vor. Auf ihren Wangen zeichneten sich hektische rote Flecken ab, doch sie sah Guido fest in die Augen. »Daran siehst du doch, dass wir den beiden gegenüber zu unserem Wort stehen. Das muss dir doch wichtig sein, denn wir werden uns euch gegenüber genauso verhalten, wenn ihr gewinnt.«

Einen Herzschlag lang herrschte atemlose Stille. Schließlich nickte Guido. »Also gut. Mir gefällt das zwar nicht, aber es bleibt uns wohl nichts anderes übrig.«

»Und was ist mit dem Spiel gegen den TSV Klarshütten?«, fragte Jan. »Ich dachte, da soll die Entscheidung fallen, ob wir die Wiese behalten können oder nicht?«

Guido und Dirk schüttelten gleichzeitig die Köpfe.

»Nee«, meinte Guido. »Das wird sowieso nichts. Vorhin hat mich Trainer Anstetter angerufen und gesagt, dass das Freundschaftsspiel gegen Klarshütten wegen Krankheit abgesagt wurde. Unsere Sache müssen wir also sowieso anders regeln.«

Komisch, überlegte Frank. Er musste wieder an das Spiel denken, in dem er wie Günter Netzer vorgeprescht war und zum Führungstreffer gegen die Klarshüttener ausgeholt hatte. Er hätte schwören können, dass dieser Traum irgendwie Wirklichkeit werden würde …

»Und wann treffen wir uns?«, fragte Dirk.

»Samstagnachmittag um drei«, antwortete Guido prompt.

»Aber bis dahin brauchen wir jemand, der uns ins Bogenschießen einweist.«

»Na, bestimmt keiner von uns ...«, begann Dirk, doch da unterbrach ihn Angelina: »Doch einer von uns. Oder besser gesagt eine.« Sie drehte sich zu Frank um. »Ich glaube, ich hab da noch was gutzumachen. In drei Tagen kann ich euch zwar nicht sämtliche Bogenschießtricks beibringen. Aber für die Grundbegriffe wird es reichen!«

KAPITEL 11

Drei Tage später fanden sie sich alle auf der Coolen-Kicker-Wiese für den seltsamsten Wettkampf ein, der je dort stattgefunden hatte. Frank hatte die Nachwirkungen des Unfalls gut überstanden, aber immer noch grüne Haare. Diese blöde Partyfarbe hatte nicht nur allen Entfärbungsversuchen hartnäckig getrotzt, sondern war im Laufe der Zeit sogar intensiver geworden. Und jetzt musste er mit seinen lächerlich grünen Haaren auch noch zum Bogenschießen antreten!

Dummerweise hatte sich nämlich zum Schluss von Angelinas Dreitages-Kurzeinweisung herausgestellt, dass er der beste Bogenschütze unter den Coolen Kickern war. Und aus diesem Grund fand sich Frank jetzt mit einem Bogen in der Hand auf ihrem Fußballfeld wieder. Er starrte zu der Bogenscheibe hinüber, die ein gutes Stück hinter dem Tor stand; viel zu weit weg, wie er fand, um auch nur die Scheibe, geschweige denn ihr Zentrum zu treffen.

Um sich von dem bevorstehenden Wettkampf abzulenken, ließ er seinen Blick über die Zuschauer wandern. Auf der einen Seite von ihm hatten sich die Bogenschützen und Eberhard und Thomy im Schneidersitz niedergelassen, auf der anderen Seite die Coolen Kicker und ihre Freunde.

Luki hatte sich, dicht an Hasso gekuschelt, an den äußersten Rand des Spielfelds verzogen, und als Frank jetzt einen Blick in ihre Richtung warf, sah Hasso auf und knurrte leise. Es klang wie eine Aufforderung, sich nur nicht unterkriegen zu lassen.

»Also denn«, sagte Angelina, die in der Mitte des Spielfelds neben Guido und Dirk stand und nicht weniger nervös wirkte als er selbst. »Ihr kennt die Regeln.«

Frank schloss die Augen und wandte sich ab. Er hatte keinen Bock darauf, sich noch einmal im Detail die Vereinbarung anzuhören, die die drei gestern telefonisch getroffen hatten. Er wusste auch so, dass zuerst das Bogenschießen angesagt war, dann ein Fußballspiel zweier Fünferauswahlen, und wenn es danach noch Unentschieden stand, ein Elfmeterschießen. Als er die Augen wieder aufmachte, war die Bogenscheibe immer noch da. Und er wusste, dass es gleich losgehen würde. Wie hatte er sich bloß auf diesen Schwachsinn einlassen können?

»Los jetzt«, sagte Angelina. »Die erste Runde geht ganz schnell. Drei Schuss im Wechsel auf die Scheibe. Wer danach die meisten Punkte hat, hat gewonnen.«

Vielleicht, dachte Frank, hätte er es doch eher auf eine Schlägerei mit Eberhard als auf ein Wettschießen ankommen lassen sollen.

»Hallo, Frank«, flötete ihm Angelina direkt ins Ohr. »Wir hatten doch ausgemacht, dass du den ersten Schuss hast. Bist du jetzt so weit?«

Frank zuckte erschrocken zusammen. »Nee, nicht ganz so schnell.« Er winkte Jan zu. »Vielleicht ist es doch besser, du machst das hier. Ich fühl mich heute nicht so ganz, eh, wohl.«

Angelina legte ihm die Hand auf die Schulter. »Keine Panik«, flüsterte sie ihm zu. »Du musst dich nur daran halten, was ich dir beigebracht habe. Der Wind steht heute günstig, nämlich genau gegen uns. Da kannst du direkt auf die Mitte der Scheibe draufhalten.«

»Was gibt's denn da zu tuscheln?«, fragte Dirk böse. »Denk dran, Angelina, dass du zu uns gehörst – und nicht zu denen.«

Frank bekam nicht mit, was Angelina antwortete. Er war viel zu sehr damit beschäftigt, Jan heranzuwinken. Aber der tat so, als wäre im Augenblick nichts wichtiger, als angestrengt auf seine Schuhspitzen zu starren.

»Also los jetzt.« Angelina drehte Frank an der Schulter halb zu sich herum und sah ihm tief in die Augen. »Denk dran, was ich dir gesagt habe. Beim Bogenschießen musst du Konzentration und Atem in Einklang bringen. Werde eins mit deinem Ziel.«

»Solange ich nicht den Pfeil abkriege, wenn ich mit meinem Ziel eins werde ...« Als Angelina die Augen verdrehte, fügte Frank schnell hinzu. »Ja, ja, ich hab verstanden. Es kommt auf die Konzentration an.«

Frank legte den Pfeil ein und nahm den Bogen hoch, ganz wie Angelina es ihm gezeigt hatte. Irgendetwas geschah in diesem Moment mit ihm. Wie bei einem Radio, dessen Lautstärke heruntergedreht wurde, schienen die Geräusche um ihn herum zu verebben. Nur ganz am Rande seines Bewusstseins nahm er das Zwitschern der Vögel und das Murmeln der anderen wahr …

Dann ließ er die Bogensehne vorschnellen.

Der Pfeil flog knapp an der Scheibe vorbei und knallte in den Holzstapel, den sie zum Schutz dahinter aufgebaut hatten.

Frank ließ enttäuscht den Bogen sinken, da war Dirk schon heran. »Jetzt kannst du mal sehen, wie das ein Profi macht«, sagte er verächtlich. Er spannte den Bogen, zielte nur kurz und sein Pfeil schoss ab und bohrte sich knapp neben der Mitte in die Scheibe. Seine Freunde klatschten Beifall und Frank wurde ganz flau zumute.

»Mach dir nichts draus«, sagte Angelina. »Du hast noch zwei Schuss …«

Frank fuhr wütend zu ihr herum. »Ach ja? Dann schieß du doch für mich! Ich kann das einfach nicht!«

Angelina wich erschrocken einen Schritt zurück. »Ich wollte dir nur helfen …«

»Nachdem du uns das alles hier eingebrockt hast, ich weiß«, schimpfte Frank.

Angelinas Augen füllten sich mit Tränen. Entweder war sie eine hervorragende Schauspielerin oder es ging ihr wirklich nahe, dass Frank sie so hart angefahren hatte.

»Wenn du dir das nicht zutraust, dann können wir es

auch gleich abbrechen«, sagte Dirk großspurig. »Dann geht die Bogenschießrunde eben an uns.«

»Von wegen«, schimpfte Frank. »Da habe ich noch ein Wörtchen mitzureden.«

Er legte den Pfeil ein und hob den Bogen. Kaum hatte er die Zielscheibe im Visier, ließ er den Pfeil schon von der Sehne schnellen.

Der Pfeil sirrte durch die Luft, dann schlug er auf der Zielscheibe ein, gar nicht weit weg von Dirks Pfeil – aber nicht neben, sondern genau in der Mitte der Scheibe!

»So, du Großmaul«, sagte Frank zu Dirk. »Jetzt zeig mal, was du wirklich draufhast.«

Erst in diesem Moment reagierten die anderen. Mit einem tosenden Beifall, als würde ein ganzes Fußballstadion Amok laufen, jubelten die Coolen Kicker und ihre Freunde über den Überraschungstreffer.

»Schnauze!«, brüllte Dirk in das ohrenbetäubende Johlen und Kreischen hinein. »Bei dem Krach kann sich ja kein Mensch konzentrieren.«

Doch erst als Guido seinen „Frank-Frank"-Schlachtruf abbrach, verebbte der Beifallssturm.

Dirk riss mit rot angelaufenem Gesicht seinen Bogen nach oben und für einen Moment sah es aus, als wolle er es Frank gleichtun und ohne groß zu zielen den nächsten Schuss abgeben. Doch dann grinste er hässlich und drehte den Kopf in Angelinas Richtung. »Wir sprechen uns noch, Mädel. Das war nämlich absolut nicht nötig.«

Frank wollte Angelina schon in Schutz nehmen, doch sie kam ihm zuvor. »Es ist ein sportlicher Wettkampf, Dirk. Mach dir wegen Franks Zufallstreffer nicht ins Hemd, sondern streng dich lieber selbst ein bisschen an.«

Dirk schnappte nach Luft wie ein Fisch auf dem Trockenen, schluckte aber einen bissigen Kommentar hinunter und setzte dann mit erstaunlicher Ruhe zum nächsten Schuss an. Natürlich traf er wieder ins Schwarze.

»So«, sagte er, als er den Bogen sinken ließ. »Jetzt bist du dran. Wollen wir doch mal sehen, wer von uns beiden das Großmaul ist.«

Frank nickte tapfer. Er ahnte, dass er den Mund etwas zu voll genommen hatte. Aber jetzt konnte er nicht mehr kneifen. Als er den Pfeil einlegte, den Bogen hob und die Sehne spannte, herrschte atemlose Stille. Frank verharrte lange so. Er wartete darauf, dass sich sein Atem beruhigte und das leise Zittern seiner Hände aufhörte.

»Mach schon!«, sagte Dirk in dem Moment, in dem Frank die Sehne vorschnellen ließ. Der Pfeil sauste wie der erste an der Scheibe vorbei und bohrte sich irgendwo dahinter in den Holzstapel.

Frank starrte ihm nach, als könne er es nicht glauben. Dann legte er den Bogen vor sich auf den Boden, drehte sich um und stapfte davon.

Kurz darauf hörte er, wie Dirks Pfeil die Scheibe traf und die Bogenschützen jubelten.

Er hatte es vermasselt.

Fünf Minuten später wurde der Fußballplatz endlich wieder seiner Bestimmung zugeführt. Diesmal sollten die Coolen Kicker, verstärkt durch Luki und Jacki, gegen eine Fünferauswahl der Bogenschützen antreten. So zumindest war es ausgemacht.

Doch als Frank jetzt mürrisch neben Hasso im Gras hockte und aufsah, erlebte er eine unliebsame Überraschung.

Neben Dirk, Herby und einem dritten Bogenschützen standen Eberhard und Thomy so selbstverständlich auf dem Platz, als würden sie hierher gehören.

»Hey!«, rief Guido wütend. »Wir haben doch gesagt, dass Bogenschützen gegen Coole Kicker antreten. Von Eberhard und Thomy war nie die Rede!«

Dirk gab Angelina einen freundschaftlichen Klaps, der sie ein paar Schritte vorwärts taumeln ließ. »Sag doch bitte deinen Freunden, dass sie selbst zugestimmt haben, dass die beiden mitmachen.«

»Stimmt doch gar nicht«, empörte sich Guido. »Ich habe gedacht, dass die nur als Zuschauer kommen.«

»Ach«, machte Dirk. »Du hast gedacht? Das war wahrscheinlich dein Fehler. Es ist ganz einfach: Du akzeptierst, dass die beiden mitspielen, und wir sagen nichts dagegen, dass bei euch die kleine Brillenschlange und der schwarzhaarige Wildfang mitmachen.«

Guido schimpfte noch eine Weile weiter, aber schließlich musste er klein beigeben, denn Dirk hatte ja Recht. »Aber nur, dass das klar ist«, sagte Guido zum Abschluss. »Wir können jeden von uns während des Spiels einwechseln, der sich hier auf dem Platz befindet.«

»Von mir aus«, brummte Dirk. »Und nun los. Ich brenne darauf, euch fertig zu machen!«

KAPITEL 12

Der Anpfiff Karins, die die Rolle des Schiris übernommen hatte, ließ nicht lange auf sich warten.

Eberhard brachte den Ball in seinen Besitz, passte ihn zu Dirk hinüber. Der wirkte erst, als könne er gar nichts damit anfangen, doch als Guido schon fast heran war, machte er zwei schnelle Schritte und schaffte es irgendwie, dass der Ball dabei mitlief. Guido stolperte ins Leere, wendete, doch da war Frank schon heran. Dirk stieß einen Kampfschrei aus und senkte den Kopf, als wolle er ihn mit einem Sturmangriff über den Haufen rennen. Diese Taktik hatte allerdings rein gar nichts mit Fußballspielen zu tun, sondern erinnerte eher an einen Stierkampf. Frank hatte keineswegs vor, sich auf die Hörner nehmen zu lassen. Als der Muskelprotz nahe genug heran war, steppte er zur Seite und versuchte gleichzeitig den Ball in seinen Besitz zu bringen.

Das Glück war mit den Laien, das hatte Frank ja gerade erfahren, als ihm der Zufallstreffer mit Pfeil und Bogen gelungen war. Jetzt war es Dirk, der einfach unbeschreiblichen Dussel hatte. Er lenkte den Ball zufällig in dem Moment in die andere Richtung, stolperte dabei und Franks bildschönes Ballabjagemanöver ging ins Leere.

Schlimmer noch, Frank verlor das Gleichgewicht: Kaum war Dirk an ihm vorbei, knallte er vornüber auf den Rasen.

Irgendwie schaffte es Dirk noch, Jan auszutricksen, dann war plötzlich niemand mehr zwischen ihm und dem Tor. Im Tor selbst stand Luki, der dem wild gewordenen Muskelprotz nervös aus seiner Nickelbrille entgegenblinzelte. Er hatte wohl, wie alle anderen auch, nicht wirklich damit gerechnet, einen hart geschossenen Ball halten zu müssen. Schließlich hatte Guido behauptet, dass sie die Bogenschützen in derer Spielhälfte festsetzen würden. Wenn sich das jetzt nur nicht rächte!

Dirk stieß erneut einen Kampfschrei aus und schoss. Der Ball donnerte mit der Wucht einer Kanonenkugel ans innere Kreuzeck, prallte aber nicht nach außen ab, wie Frank zuerst gehofft hatte, sondern senkrecht nach unten. Luki sprang ab und konnte den Ball mit den Fingerspitzen noch vor dem Überqueren der Torlinie stoppen. Er selbst blieb, alle viere von sich gestreckt, auf dem Rasen liegen. Man konnte über den Kleinen ja denken, was man wollte: Aber das war wirklich eine klasse Aktion gewesen!

»Frank ins Tor!«, rief Guido, bevor er den Ball in seinen Besitz brachte und Herby umdribbelte, der seinem Kumpel Dirk gefolgt war. Eberhard wollte sich Guido in den Weg stellen, aber er gab rechtzeitig an Jan ab und der weiter an Jacki, die ausgesprochen günstig stand. Jacki machte eine kurze Drehung, wie sie es von Frank gelernt hatte – und kickte den Ball nicht nur an Thomy, sondern auch noch gleich meterweit am gegnerischen Tor vorbei.

Nach diesem heißen Auftakt verbissen sich die beiden Mannschaften regelrecht ineinander. Eberhard und Thomy spielten gut, das musste ihnen der Neid lassen, und auch die Bogenschützen stellten sich nicht schlecht an. Dirk versuchte sich noch ein paarmal mit reiner Körperkraft einen Vorteil zu erkämpfen, aber jetzt waren die Coolen Kicker vorgewarnt. Luki und Jacki sahen zu, dass sie rechtzeitig wegkamen, wenn Dirk heranstürmte, und Jan und Guido ließen ihm niemals länger als ein paar Sekunden den Ball.

Es war Eberhard, dem das Schicksal die nächste ernsthafte Torchance zuspielte. Er stand ungedeckt vor Franks Tor, als Thomy sich den Ball erkämpft hatte und weit über den Platz zu Eberhard schlug. Luki war fast heran und gab wieder einmal sein Bestes, aber er kam einen Sekundenbruchteil zu spät.

Eberhard erwischte das runde Leder mit dem Spann, schoss es kraftvoll in Richtung Tor. Frank sah ihn auf sich zusausen. Aufs linke Eck? Das war seine schwache Seite. Er sprang ab. Doch Eberhard hatte gut gezielt und grinste bereits triumphierend. Der Ball ging genau ins linke untere Toreck, Frank donnerte gegen den Pfosten. Sein Kopf prallte gegen das Metall und er sah für einen Moment Sterne.

Ein vielstimmiger Aufschrei ertönte.

Frank drückte sich die Hand gegen den schmerzenden

Kopf und raffte sich wieder auf. Eberhard und Thomy klammerten sich aneinander und hüpften auf und ab, Dirk schlug seinem Kumpel Herby so kräftig auf die Schulter, dass dieser in die Knie ging. Guido und Jan standen betreten da und starrten vor sich auf den Rasen, als könnten sie nicht glauben, was geschehen war.

»Will vielleicht einer von euch ins Tor?«, schrie Frank ihnen zu. »Ich fühl mich hier nicht besonders wohl!«

Dirk und ein paar andere Bogenschützen lachten und Frank begriff, dass er sich zu allem Unglück auch noch lächerlich gemacht hatte. Es war Guido, der ihn rettete.

»Also gut«, sagte er und winkte Luki zu. »Geh du wieder ins Tor. Lass Frank in die Sturmspitze und den Ausgleichstreffer erzielen.«

In Frank rumorte es. Erst die Pleite im Bogenschießen und nun das Missgeschick im Tor. Irgendwie reichte es ihm für heute. Aber er kam nicht dazu, sich weiter Gedanken zu machen. Dirk schien sich vorgenommen zu haben, ihm wie ein Schatten zu folgen – allerdings wie der Schatten eines Hochhauses. Frank konnte sich nicht erinnern, je in einem früheren Spiel von einem solchen Koloss bewacht worden zu sein. Probehalber ging er einen Schritt zurück. Sein Schatten folgte ihm.

Während Guido und Thomy verbissen um den Ballbesitz kämpften, steppte Frank nach rechts. Dirk machte die Bewegung mit. Das hatte ihm noch gefehlt. Wenn Guido bloß den Mund gehalten hätte! Wahrscheinlich bewachte Dirk ihn nur deshalb so, weil Guido ihm das mit dem Ausgleichstreffer zugerufen hatte.

Aber es kam sowieso alles ganz anders. Frank erkannte seine Chance, als Thomy den Ball bekam und damit aus seiner eigenen Spielhälfte vorzustürmen versuchte. Frank machte eine schnelle Seitwärtsbewegung und rannte los, von Dirk gefolgt. Er tat so, als wolle er Thomy den Weg abschneiden, der gerade versuchte, Jacki zu umspielen.

Dirk fiel darauf herein und sprintete seinerseits los, vielleicht um Frank wie ein Rugbyspieler über den Haufen zu rennen. Frank wartete, bis er nah an ihn herangekommen war, und drehte dann im allerletzten Moment ab. Dirk versuchte ihm zu folgen, blitzschnell wie ein gereizter Bär und mit der gleichen verheerenden Kraft. Thomy hatte inzwischen Jacki mit einer gekonnten Kombination ausgetrickst und nahm gerade wieder volles Tempo auf. Er konnte nicht mehr ausweichen. Dirk krachte mit voller Wucht in ihn hinein. Thomy wurde geradezu in den Rasen gerammt, als er sich überschlug und Dirk auf ihm zu liegen kam.

Karin blies wie wild in ihre Trillerpfeife. »Hey!«, rief sie. »So geht das nicht! Dirk, du kriegst die gelbe Karte, wenn du so weitermachst!«

Der Koloss rappelte sich auf und starrte Karin wütend an. »Pass auf, was du sagst. Wenn du willst, dass dein Vater Pacht für die Wiese kriegt, solltest du ein Interesse daran haben, dass wir gewinnen!«

»Und du, deine eigenen Mitspieler nicht platt zu machen«, keuchte Thomy und rappelte sich mühsam auf. »Ich hab nämlich keine Lust, mir die Rippen brechen zu lassen, nur damit ihr hier mit Pfeil und Bogen trainieren könnt!«

Er hatte kaum seinen Satz beendet, als das Spiel auch schon mit unverminderter Härte weitertobte. Zweimal bewährte sich Luki im Tor, als er im letzten Moment einen scharf geschossenen Ball hielt. Dann eröffnete sich die lang ersehnte Chance für die Coolen Kicker.

Jacki spielte den Ball auf Jan, der ihn zu Guido abprallen ließ. Guido nahm ihn an, drehte sich einmal halb um sich selbst und kloppte den Ball an dem verblüfften Torwart der Bogenschützen vorbei ins Netz.

1 : 1! Ein wahrer Freudentaumel brach unter den Coolen Kickern aus.

Frank war zwar nicht an dem Ausgleichstreffer beteiligt gewesen, aber er freute sich genauso riesig wie alle anderen, dass nun endlich Tempo ins Spiel kam.

Drei Minuten vor Spielende war seine Freude allerdings in Frust umgeschlagen. Es stand immer noch 1 : 1 und das bedeutete, dass die Bogenschützen in der Gesamtwertung vorne lagen; schließlich hatten sie den Schießwettbewerb eindeutig für sich entscheiden können. Frank versuchte ständig mit in die Sturmspitze zu gehen, aber Dirk attackierte ihn jedes Mal aufs Heftigste.

Frank begriff, dass er alles auf eine Karte setzen musste. Er lief zurück, hetzte an dem vollkommen verblüfften Eberhard vorbei auf sein eigenes Tor zu. Statt sich um den Ball zu kümmern, der sich irgendwo zwischen Herby und Jan im Mittelfeld befand, rannte Dirk wie ein angestochener Elefantenbulle hinter Frank her.

Natürlich hatte Frank genau das vorausgesehen. Im letzten Moment drehte er ab und hielt auf die Seitenlinie zu. Jan rief etwas und er wirbelte herum.

Im gleichen Moment hatte er das Gefühl, wieder in seinem Traum zu sein. Genauso wie vor ein paar Tagen, als er wie Günter Netzer von der Seitenlinie herangestürmt war, nahm er jetzt den Ball auf, den ihm Jan zugespielt hatte. Seine Gegner waren zwar nicht in die roten Trikots der Klarshüttener gekleidet, aber die Situation war verblüffend ähnlich.

Thomy stand so unglücklich zwischen ihm und dem Tor, dass er noch nicht einmal den Torhüter der Bogenschützen sehen konnte. Doch davon würde sich Frank nicht abhalten lassen ...

Er wechselte den Ball von links auf rechts. Dann war Thomy auch schon heran. Guido brüllte etwas zu ihm herüber. Frank peilte das Tor an. Alles in ihm spannte sich. Er war nicht mehr Frank Gabelin, er war Günter Netzer, und er spielte auch nicht gegen die Bogenschützen, sondern gegen den 1. FC Köln.

Seine Fußspitze traf den Ball ... und das runde Leder

flog haarscharf an Thomys Schulter vorbei, genau in die richtige Richtung.

Die Coolen Kicker schrien begeistert auf und einen Sekundenbruchteil später klatschte der Ball ins gegnerische Netz.

KAPITEL 13

Für die Coolen Kicker stand es immer noch 2 : 1, auch als Karin nach wenigen Minuten abpfiff.

Frank war viel zu glücklich über den von ihm erzielten Siegestreffer, um darüber nachzudenken, wie es jetzt weitergehen würde. Bis Dirk ihn am Arm packte und ihm zuzischte: »Na wunderbar, jetzt steht es Unentschieden. Also auf zum Elfmeterschießen!«

Frank blinzelte ihn verwirrt an. »Warum sagst du das mir und nicht Guido?«

»Weil ich finde, dass das eine Sache zwischen uns beiden ist.« Dirk grinste schmutzig. »Du hast ja heute schon mal im Tor eine gute Figur gemacht. Was macht denn deine Beule?«

Automatisch rieb sich Frank den Kopf. Erst in diesem Moment wurde ihm bewusst, dass die Gespräche der anderen verstummt waren und sich mindestens ein Dutzend Augenpaare auf ihn und Dirk richteten.

Dirk drehte sich einmal im Kreis. »Hat jemand irgendetwas dagegen, dass Frank und ich das Elfmeterschießen unter uns austragen?«

Er stieß auf Schulterzucken und ratlose Gesichter.

»Also«, sagte Dirk, bevor irgendjemand Widerspruch

einlegen konnte, »dann ab ins Tor, Frank! Damit ich den ersten Schuss machen kann. Und du weißt ja: Wer den Ball als Erster reinbekommt, hat gewonnen.«

Franks gute Laune zerstob wie ein Laubhaufen, in den der Herbstwind fährt. »Nee danke.«

»Willst wohl kneifen, oder?«, höhnte Dirk.

»Nee. Ich will nur den Einsatz erhöhen.« Frank sah sich mit klopfendem Herzen um, bis er Jacki entdeckte, der er noch etwas versprochen hatte. »Dein Freund Herby hat mit eurem Funmobil Jacki von der Straße gedrängt und damit ihr Fahrrad kaputtgemacht.«

»Und?«, fragte Dirk lauernd.

»Ganz einfach.« Frank wandte sich wieder an Dirk, nachdem er Jacki verschwörerisch zugeblinzelt hatte. »Wenn wir das Elfmeterschießen gewinnen, dann kriegt Jacki von euch zusätzlich auch ein neues Rad.«

»Das wird ja immer schöner!« Dirk schüttelte den Kopf, als könne er nicht glauben, was er da gerade gehört hatte. »Und was haben wir davon? Ich meine: Du musst uns im Gegenzug auch etwas bieten. Etwas ganz Tolles!«

»Ja, äh …« Frank dachte angestrengt nach und dann hatte er die Idee. »Ganz einfach: Wenn ihr gewinnt, bekommt ihr zusätzlich zur Wiese auch noch das Klubhaus. Mitsamt der ganzen Einrichtung.«

Nicht nur auf Dirks Gesicht zeichnete sich Überraschung ab. Auch alle anderen sahen aus, als hätte er versprochen, mitten im Sommer Schnee auf die Wiese zu zaubern.

»Hey, Frank«, mischte Guido sich ein. »Ich halte das für keine gute Idee ...«

»Genau«, unterbrach ihn Jan. »Immerhin war das mal das Gartenhäuschen meiner Oma. Das kannst du nicht einfach als Siegesprämie aussetzen!«

Frank nickte seinen beiden Freunden zu. »Ihr habt ja Recht. Aber andererseits: Was sollen wir noch mit dem Klubhaus, wenn wir wirklich verlieren?« Als Guido und Jan ihn daraufhin ganz bestürzt ansahen, fügte Frank hinzu: »Aber keine Sorge: Wir werden nicht verlieren!«

In Guidos Augen las er, dass der sich da nicht so sicher war. Und wenn Frank ganz ehrlich war, dann traf das auch auf ihn zu.

Kurz darauf stand Frank zum zweiten Mal an diesem Freitagnachmittag im Tor. Diesmal hatte er Torwarthandschuhe an und sich mit langer Hose und wattierter Jacke geschützt. Doch das änderte nichts daran, dass sein Herz laut und schnell schlug.

Dirk nahm Anlauf.

Den Koloss in seine Richtung hetzen zu sehen war alles andere als beruhigend. Zumal es jetzt um alles oder nichts ging. Wenn er diesen Ball nicht hielt ...

Dirks Fuß traf den Ball.

Ein Schweißtropfen rann von Franks schweißnasser Stirn in sein rechtes Auge. Es blieb ihm keine Zeit, ihn wegzublinzeln. Er sprang in die Richtung, in die der Ball mit unglaublicher Wucht donnerte. Aber er kam zu spät. Beziehungsweise er wäre zu spät gekommen: Noch während er in der Luft lag, sauste der Ball um Zentimeter an der Außenkante des Torpfostens vorbei. Frank kam auf dem Rasen auf und starrte ihm mit einer Mischung aus Entsetzen und Erleichterung hinterher. Er hätte niemals geglaubt, dass ein Fußball eine solche Geschwindigkeit draufbekommen konnte …

»Da hast du noch mal Glück gehabt!« Dirk drohte mit der Faust. »Aber ich verspreche dir: Beim nächsten Mal treffe ich mit Sicherheit.«

Frank nickte nur flüchtig. Er zog die Jacke aus und ging zum Elfmeterpunkt, während Luki losjagte, um den Ball zu holen.

»Frank, denk daran«, sagte Jan, als er an ihm vorbeiging. »Jetzt geht es um alles. Auch um unser schönes Klubhaus, das wir mit so viel Aufwand renoviert haben!«

Frank nickte nur.

Als Luki mit dem Ball zurückkam und ihn vor ihm ablegte, warf Frank zum ersten Mal einen Blick zum Tor hinüber. Dirk stand darin, als wolle er für einen Herkulesfilm posieren. Es kam Frank beinahe so vor, als würde er das ganze Tor ausfüllen. Das war natürlich Blödsinn, aber trotzdem …

Frank nahm Anlauf, atmete tief und blickte dann noch mal zum Tor. Dirk erwiderte gelassen seinen Blick. Seine mächtigen Muskeln spannten sich.

»Ade, Oma-Häuschen«, murmelte Jan. »Ade, Fußballplatz.«

Frank hätte ihn für diese Bemerkung erwürgen können. Stattdessen lief er los.

Er war noch keine zwei Meter angelaufen, als er begriff, dass etwas nicht stimmte. Der Schnürsenkel seines rechten Schuhs war aufgegangen! Er wollte abbrechen, aber stattdessen stolperte er über den Schnürsenkel. Die Zuschauer stießen einen Schreckenslaut aus, als sein Schuh auf den Ball zusauste, während er selber beide Hände vorstreckte, um den Sturz aufzufangen ...

Da jagte ein dunkler Schatten an ihm vorbei. Hasso! Der Hund erwischte den Ball mit beiden Hinterbeinen auf einmal und gab ihm damit einen ordentlichen Drall. Der Ball sauste los, langsamer als bei Dirks Schuss, aber dennoch erstaunlich schnell. Dirk starrte ihm mit offenem Mund entgegen. Er tat nichts, aber auch gar nichts, um den Ball aufzuhalten.

Der Ball rollte nicht weit entfernt von der Stelle ins Netz, die Frank hatte treffen wollen. Und ein unbeschreiblicher Jubel brach los. Hasso hatte den Siegestreffer erzielt!

Am gleichen Abend gab es eine große Siegesfeier auf der Coolen-Kicker-Wiese. Ebenfalls eingeladen waren die Bogenschützen. Sie hatten allerdings noch nicht ganz verdaut, dass ausgerechnet ein Hund das Siegestor geschossen hatte.

Herby stand am Gasgrill, den er aus seinem Funmobil herausgeholt hatte, und brutzelte allerlei leckere Sachen.

»Nur gut, dass du das vorher gesagt hast.« Frank nippte an seinem Limoglas und stellte es wieder neben sich ins Gras.

»Was denn?«, fragte Guido.

»Na!« Frank grinste breit. »Dass wir während des Spiels jeden von uns einwechseln können, der sich auf dem Platz befindet.«

»Jeden«, maulte Dirk, der nicht weit von ihnen entfernt im Gras hockte, »aber doch keine Hunde. Und schon gar keine grün gesprenkelten, hässlichen Viecher …«

Hasso richtete sich auf, sah in Dirks Richtung und knurrte leise. Dirk brach mitten im Satz ab.

»Wenn du damit nicht einverstanden warst«, meinte Guido leichthin, »hättest du das sagen müssen.«

Dirk warf ihm einen finsteren Blick zu. »Pass bloß auf, dass ich dich nicht mal irgendwo alleine erwische. Dann verarbeite ich dich nämlich zu Hundefutter.«

Karin hatte die ganze Zeit stumm auf das Grillwürstchen gestarrt, das schon eine ganze Weile auf ihrem Pappteller lag und mittlerweile kalt geworden war. »Irgendwie ist mir der Appetit vergangen.«

Frank sah sie überrascht an. »Aber warum? Findest du es denn nicht klasse, dass wir weiter auf der Wiese trainieren können?«

»Doch«, sagte Karin finster, »superklasse.« Sie schüttelte

den Kopf, als Frank etwas sagen wollte. »Versteh mich nicht falsch. Ich gönn euch den Sieg – den ihr übrigens meinem Hund zu verdanken habt, ganz nebenbei bemerkt. Aber mein Vater braucht dringend das Pachtgeld.«

»Stimmt«, sagte Frank. »Das habe ich ganz vergessen. Ich hatte da nämlich eine Idee.«

Guido sah ihn vollkommen überrascht an. »Du hast eine Idee? Seit wann denn das? Ich denke, ich bin für die Ideen zuständig!«

»So, wie ich gedacht habe, ich sei fürs Toreschießen zuständig und nicht Hasso«, sagte Frank fröhlich. »Aber pass mal auf: Was wäre, wenn wir hier ein Fest ausrichten würden, mit Torwand und allem drum und dran. Dann könnten wir Eintritt verlangen oder von unseren Gästen Spenden sammeln. Und wenn wir noch ein paar Gewinnspiele machen, kriegen wir bestimmt Kohle satt. Und die geben wir Sendler, als kleines Dankeschön für das Überlassen der Wiese.«

»Hmmm«, machte Guido. »Gar nicht schlecht. Da fällt mir eine ganze Menge ein. Wir könnten uns zum Beispiel alle die Haare grün färben und Invasion vom Mars spielen.«

»Aber wir sind dann die Guten«, grinste Frank. »Und die bösen Aliens sind Eberhard und Thomy. Und die fangen wir dann, spießen sie auf und drehen sie über dem Grill ...« Er brach ab, als er Angelina mit einem randvoll gefüllten Teller heranschlendern sah. »Das willst du alles essen?«, fragte er fassungslos und deutete auf die drei Stücke Fleisch, die fünf Würstchen und den Kartoffelsalat, der fast über den Tellerrand quoll.

»Nicht ganz«, sagte Angelina und reichte Dirk den Teller. »Das ist für unseren Frustesser.« Bevor Dirk aufbegehren konnte, setzte sie sich direkt zwischen Frank und Guido. »Ich hab das gerade mitbekommen. Finde ich eine klasse Idee. Und was haltet ihr davon, wenn wir uns daran beteiligen?«

Frank sah sie überrascht an. »Wie meinst du das? Willst du dir etwa auch die Haare grün färben?«

»Blödmann«, lachte Angelina gut gelaunt. »Ich dachte eher an die Anlage, die Herby im Auto hat. Mit der kann man so richtig Disko machen. Und wir könnten natürlich Bogenschießen vorführen und einen Schießwettbewerb veranstalten.«

Frank und Guido sahen sich an – dann nickte Frank langsam. »Das könnte gehen. Und weißt du was? Eigentlich finde ich das Bogenschießen gar nicht so schlecht. Ich könnte mich sogar daran gewöhnen.«

»Wie meinst du das?«, fragte Angelina.

»Hinter unserer Hütte ist doch genug Platz«, überlegte Frank. »Was meinst du, Karin – ob dein Vater einverstanden wäre, die paar Bäume zwischen der Wiese und der Lichtung dahinter abzuholzen?«

»Na klar«, sagte Karin, die gleich begriff, worauf er hinauswollte. »Überhaupt kein Problem.«

»Und was meinst du, Angelina?«, fragte Frank weiter. »Wäre das ein Übungsplatz für euch?«

Angelina sah Dirk an, der schaute laut schmatzend zu Herby hoch. Dann nickten alle drei.

»Klar«, sagte Herby. »Wenn ihr damit einverstanden seid, dass hier künftig Bogenschützen und Fußballer nebeneinander trainieren ...«

»Nur zahlen würden wir dann etwas weniger, weil wir ja nicht den ganzen Platz haben«, brachte Dirk kaum verständlich hervor und wischte sich mit dem Handrücken über den Mund.

»Das ist kein Problem«, meinte Frank. »Wir machen doch unser tolles Sommerfest, bei dem wir mit Bogenschießen, Fußballspielen und Feiern richtig viel Kohle einsacken. Und die kriegt Karins Vater.«

Hasso hob interessiert den Kopf, bellte laut. Damit und mit dem erleichterten Lachen, in das alle einfielen, war das ungewöhnliche Bündnis besiegelt.

Coole Kicker
Schnelle Tore

Winkler & Winkler

Harte Zeiten

für Coole Kicker

Gute Freunde und Freundinnen und eine eigene Fußballwiese! Da macht den Coolen Kickern das Training doppelt so viel Spaß. Doch ihre Erzfeinde Eberhard und Thomy ersinnen ständig neue Pläne, um sie zu Fall zu bringen. Und dann werden auf ihrer Wiese auch noch Jagdpatronen gefunden, die einen ungeheueren Verdacht auf sie werfen. Nur gut, dass ihre neuen Freunde fest zu ihnen halten …

120 Seiten

ISBN 3-8000-2850-6

UEBERREUTER

Winkler & Winkler

Coole Kicker
Schnelle Tore

Gefahr für Coole Kicker

Fußballstar Müller kommt nach Wilnshagen!
Die tolle Neuigkeit entpuppt sich als Albtraum,
denn Müllers Sohn Daniel mischt
die Coolen Kicker gründlich auf.
Statt ungestört trainieren zu können,
müssen sich die Kicker-Freunde gegen seine
haltlosen Anschuldigungen zur Wehr setzen.
Als wäre das nicht schon nervig genug,
versucht Daniel auch noch ihnen ihre
eigene Fußballwiese abzuluchsen …

120 Seiten

ISBN 3-8000-2851-4

UEBERREUTER

Winkler & Winkler

Coole Kicker Schnelle Tore

Große Chance
für Coole Kicker

Probespiel vor Profikickern!
Die Coolen Kicker trainieren auf ihrer
eigenen Fußballwiese wie wild, um beim
Sichtungslehrgang möglichst gut abzuschneiden.
Leider haben sie die Rechnung ohne ihre Gegner gemacht.
Als Erstes lassen die ihre Fußballausrüstung mitgehen.
Dann hetzen sie Eberhards Schlägertruppe auf sie.
Doch die Coolen Kicker drehen den Spieß um
und nehmen zusammen mit Hofhund Hasso
die Verfolgung auf …

120 Seiten

ISBN 3-8000-2852-2

UEBERREUTER

Winkler & Winkler

Coole Kicker Schnelle Tore

Die Coolen Kicker
punkten wieder

Jetzt geht's um alles!
Die Coolen Kicker haben den Aufstieg in die Auswahlmannschaft geschafft, doch irgendwer versucht sie mit fiesen Tricks wieder rauszukicken. Erst schwärzt jemand Frank beim neuen Trainer an, dann werden sie von einer wilden Indianerhorde auf ihrer eigenen Fußballwiese aufgemischt. Die Lage wird sogar bedrohlich, bevor die Coolen Kicker beim entscheidenden Spiel so richtig aufdrehen können.

120 Seiten

ISBN 3-8000-2078-5

UEBERREUTER